LOCUS

LOCUS

L O C U S

LOCUS

to

fiction

to 46

沒能準時離站的列車

Ostře sledované vlaky

作者：赫拉巴爾（Bohumil Hrabal）

譯者：徐哲

責任編輯：莊琬華

封面繪圖、設計：許慈力

法律顧問：董安丹律師、顧慕堯律師

出版者：大塊文化出版股份有限公司

台北市105022南京東路四段25號11樓

www.locuspublishing.com

讀者服務專線：0800-006689

TEL：(02)87123898 FAX：(02)87123897

郵撥帳號：18955675 戶名：大塊文化出版股份有限公司

總經銷：大和書報圖書股份有限公司

地址：新北市新莊區五工五路2號

TEL：(02) 89902588 FAX：(02) 22901658

初版一刷：2007年6月

初版二刷：2020年8月

定價：新台幣150元

ISBN：978-986-7059-88-8

Printed in Taiwan

Ostře sledované vlaky

沒能準時離站的列車

赫拉巴爾（Bohumil Hrabal） 著
徐哲 譯

卓別林式的幽默與左派氣味

鍾文音

現在「小資」作品充斥著我們的生活周遭，小資的雅痞、做作，都讓我漸漸不耐。帶點左派色彩的作品，有時反而更有生命力，他們總是企圖在作品裡戳穿上層假象，撥開人的面具，脫掉人的外衣，不暴力卻很赤裸，嘮叨不已卻又讓人發笑。

如果這幾年沒有赫拉巴爾作品的中文版出現，或許我們對於捷克將只停留在卡夫卡式的沈重裡。直到赫拉巴爾，我們的閱讀才輕盈了起來。讀的同時，心裡既被人性血肉鉤住，卻也能衷心一笑。讀《過於喧囂的孤獨》和《我曾侍候過英國國王》、《底層的珍珠》，往往被他筆下人事物發生的怪誕趣味情節惹出笑來。

這回《沒能準時離站的列車》一樣非常赫拉巴爾，小說背景依然是他喜歡的火車站，人物有站長、站長夫人、調度員、工人、女報務員等，每個平凡角色出場雖短，但卻讓人記憶深刻，因為赫拉巴爾以戲謔幽默的語言編織了這些人在非常時代的「偶然」命運。

讀赫拉巴爾作品都會有種「持續性」的感受，這感受源自於赫拉巴爾寫作以來從來沒有「變節」過。不論作品叫好叫壞，不論時代口味的演變，他一直都是他自己，他自己所代表的是那個勞動階層裡的一分子，他愛那些人，他和他們穿著同樣的鞋子走同樣的路。赫拉巴爾曾說：「我寧可做粗獷豪放的漢子和逗笑的小丑，也不願以一種靦腆而端莊的姿態去表達他們，我就是心甘情願同這樣的人一道勞動和生活。」赫拉巴爾藉由這些市井小民描繪了動人的捷克戰後眾生浮沈錄。他似乎特別喜歡荒廢掉的世界，人在荒廢的世界裡表面忙碌其實是內心如荒原之無所事事。

《沒能準時離站的列車》說的是一九四五年這個非常時代，人如何在戰爭的陰影下發笑？他以幽默包裝殘酷，以詼諧塗抹暴力，以輕鬆裝扮嚴肅……，於是所有的敘述都被「轉化」成人性之堪可「同情」。

赫拉巴爾的寫作永遠有個元素是「非常時代的偶然命

運」，敘述者我的曾祖父「一八四八年在軍隊當鼓手，有回隨軍到布拉格查理大橋執行任務，大學生向士兵扔石頭，其中一塊擊中了曾祖父的膝蓋，他成了終生殘廢，從那時候起，他每天領一個金幣，用那個金幣買瓶蘭姆酒和兩袋煙葉……」這曾祖父總是到街上狂飲猛抽，遂每年都挨頓揍，在領了七十年撫卹金後，仍被活活打死。本該是驚悚暴力的畫面，卻因荒謬的詼諧腔調，使得一切的發生都平淡，彷彿這些小人物總是不斷對著死神發笑。

故事到了敘述者「我」，他的生活陷進對女人的懷想，但他沒有經驗，於是有很多讓人發噱的劇情衍生，赫拉巴爾運用對白所寫下的浪漫場景，最後都成了搞笑之所。如「發車員呀，你要去哪?」「您第一次的目光所向，就是我要去的地方。」結果那個賣票的小姐就笑說：「第一次的目光所向，是什麼意思？我的眼睛一直看著車票呀。」藉著對白來寫人物的內心，拉出詼諧的距離空間，一向是赫拉巴爾擅長之處，也是當今許多小說家所無法比擬的獨特腔調與敘述觀點。

《沒能準時離站的列車》讀來尤其有「卓別林式的喜劇感」，人物在面對生命轉捩點時，他們在最短時間所呼之欲出的言語常是赫拉巴爾關注的「荒謬剎那」，人生是由無數的荒謬剎那所組成的荒謬時刻。

關注無人所及的小地方，側寫出生命的對照組，痛恨德國卻也悲憫戰爭。在赫拉巴爾的作品裡，我總是感受到他的小人物內心世界的單純，他們不問上帝，不問法律和自由是否還存在，他們問的是我有生活的熱情嗎？飲酒作樂嫖妓把歡，窮也得窮得有骨氣。他們若選擇活下去，那就得面對生活，面對性與暴力。

赫拉巴爾的書寫總是在幽默下有種說不出的悲憫與傷感。

但這不意味著赫拉巴爾的人生是不受苦、不受激情支配，他只是將這些曾經發生在他那個非常時代的痛苦淚水轉化成發笑的向上力量，將戲劇化的命運以「舞台式」的寫法使之抽離，減少回憶的苦痛。如何將現實的素材「轉化」成小說可用的素材，「轉化能力」一直考驗著小說家的功力。赫拉巴爾轉化能力之好，可以說是一個小說家擁有的技藝奇蹟。

赫拉巴爾諷刺資本主義嗎？我不知道，但我知道他的確是帶點左派高度理想色彩的寫作者，也是在小資充斥的今天，他顯得如此地難能可貴，不同時代的人物墮落，各有不同的生命難題。其作品如此地充滿著捷克味，在閱讀時，我幾乎聽聞了那些車站的機油味、鐵軌的齒輪轉動聲、戳印味……轟隆開來的列車，晃動出一幕幕表面詼諧內心淌血的孤獨小夜曲，撲鼻而來的機油味，刺鼻卻可喜。

沒能準時離站的列車才是正常，一旦準時，那就不正常了。少掉這層荒謬，赫拉巴爾的小人物就少了精彩。

在廢墟中，赫拉巴爾以敘事的微火，燒向垃圾堆上的人，將他們的生命之蕊燃燒殆盡，進而使之發光發亮。於是我記得了勞苦發笑的臉孔，七情六欲的怪誕行徑……，他們被赫拉巴爾的獨特敘事包圍，從而形象再現。

一九四五年，德國人已不再能控制我們這個小鎮的上空，自然更談不上控制大城市和全國的上空了。敵機擦著地面飛，使鐵路運輸混亂不堪，以致該早上到站的列車午間到，該午間到的列車晚上到，該晚上到的列車深夜才到；有時也出現這樣的怪事，根據行車時刻表，下午進站的列車居然一分不差，準得出奇。其實呢，這列客運列車應該上午開到，所以晚了足足四小時。

前天，我們的殲敵機在小鎮上空向一架德國驅逐機開火，擊毀了一隻翅膀。後來機身著火冒煙，墜落在田野裡，那只翅膀脫離機身時，向廣場撒下好多螺絲和螺絲帽，砸痛了幾個女人的頭頂。但是翅膀仍在小鎮上空滑翔，人們都舉目仰望，直至翅膀飄盪到廣場上空，廣場上兩家餐廳的顧客也紛紛出來看熱鬧。稍停，人們跟著翅膀投下的影子越過廣場，不一會兒，他們又返回剛才駐足仰望的地方。因為翅膀像巨大的鐘擺飄盪不定，把人們趕東趕西，人們得逆著它掉落的方向跑。翅膀的嗡嗡叫聲越來越大，像哼著歌兒。後來突然墜落，掉進牧師家的花園。

五分鐘後，人們撿光了翅膀的殘塊斷片，趕明兒好給兔棚雞窩搭個蓋。有個人當天下午就把撿來的一塊鐵皮剪成幾個鐵片，晚上製成漂亮的護腳板安在摩托車上。這樣不僅使得飛機翅膀片甲不留，而且墜落在田間雪地上的帝國飛機機身上的零件也消失得無影無蹤。

飛機擊落後，約莫過了半小時，我騎車趕往現場觀看。路上遇到不少人，他們拉著小車，車上裝滿了戰利品。拿回去派上什麼用場？猜不準。我騎車繼續往前趕，想親眼目睹墜毀的飛機。人們一見東西就拿的那股勁兒叫人受不了。把鐵皮、零件之類的玩意往家裡撿，我說什麼也不幹！通向飛機殘骸的雪地裡踏出了一條小路，我的父親正沿著小路走來，手裡拿著銀色的管子，他嘻嘻一笑，掂掂手裡的銀管。沒錯，那是飛機上的輸油管，直到晚上回家我才明白，爸爸為何拿回戰利品這麼高興。他把管子鋸成長短相同的許多小管，然後擦得發亮，拿自動鉛筆在六十多根銀管上比畫比畫。

世上的一切玩意父親都會做，因為他四十八歲就退休在家。他是開火車的，二十歲就上了機車，工齡加倍算，可是人們一想到我父親在世上還能活二、三十年，心裡就妒忌得要命。再說，我父親比平時上班的人還起得早，遠近周圍，能撿的東西都往家裡撿，螺絲啦，鐵蹄啦什麼的，從廢物堆裡還撿回報廢的零件和各種玩意，統統藏在家裡的閣樓上或者柴房裡，我們家像個廢品站。人家扔掉的舊家具，我父親見了也往家裡扛，這麼一來，家就不像家了。只有三個人，椅子就有五十把，還有七張桌子，九張沙潑，櫃子、臉盆和水壺更是不計其數。

東西這麼多，可是父親還嫌不夠，總騎著車到處跑。見到廢品堆就耙拉，傍晚馱回一大堆東西，說是將來一切都用得著。後來還真的都派上用場，因為，有人想要的東西，廠家已經不生產，像有些汽車零件、推磨、脫粒機什麼的，市場買不到，都找到我們家來，父親腦子一轉，就記起東西放在哪兒，於是爬上閣樓，或者去柴房，或者走進院裡的廢品堆，翻找一陣子，找出一個玩意，一試正合適。因為我父親算是破爛司令，把廢鉛爛鐵送往車站的時候，車子往往要從鄰里的門前經過，車上總要掉下一些東西。

街坊對他毫不體諒，也許因為我的曾祖父盧卡希從十八歲起每天就白領一金幣的殘廢撫恤金，後來共和國獨立，改領「克朗」。

曾祖父生於一八三〇年，一八四八年在軍隊當鼓手，有回隨軍到布拉格查理大橋執行任務，大學生向士兵扔石頭，其中一塊擊中了曾祖父的膝蓋，他成了終身殘廢。從那時起，他每天領一個金幣，用這個金幣買瓶蘭姆酒和兩袋煙葉。他很少在家抽煙喝酒，反而愛在大街上閑晃，愛到田間走走。他特別愛到賣苦力的人群中湊熱鬧，朝他們做鬼臉，拿著酒瓶狂飲，拿出煙斗猛抽。這樣，曾祖父每年都得挨頓揍，最後都由我爺爺推著小車把他接回家。

他身體剛養好，又去和人家爭高低，看誰的日子過得舒服，結果又讓人家打得鼻青臉腫。後來奧匈帝國崩潰，曾祖父領不到撫恤金，靠共和國的退休金，每天喝不起一瓶蘭姆酒，抽不起兩袋煙葉。

但是曾祖父盧卡希每年照樣被人揍得死去活來，因為他老愛炫耀領了七十年的撫恤金，說那時候天天能喝上一瓶蘭姆酒，抽兩袋煙絲。直至一九三五年，曾祖父還向石匠們炫耀自己昔日的風光，時值採石場破產倒閉，石匠們一氣之下把他活活打死。醫生說，他本來還能活二十年。所以除了我們，在鎮上如此討人嫌的再無第二家。

我爺爺，應了有其父必有其子的說法，在馬戲團表演催眠術。在全鎮人的眼裡，他的表演純屬徹頭徹尾的欺騙。但是到了三月分，當德軍越過邊境開往布拉格占領我們國家時，我的爺爺單槍匹馬地去阻止他們。我爺爺只不過是一名催眠術演員，卻要和龐大的德軍對抗，靠自己的精神力量去阻擋德國的坦克。爺爺沿著公路往前走，雙眼盯著機械化前鋒部隊在前面開路的第一輛坦克。坦克艙口站著一名帝國大兵，他頭上戴著黑色軟帽，帽子上飾有骷髏和兩根骨頭。我的爺爺逕自向那輛坦克走去，而且伸出雙臂，雙眼射出含意明確的目光——掉頭往回開！掉頭往回開！

果然，前面的坦克停住了，後面的部隊也停止前進。爺爺用手指敲敲坦克，眼睛依然射出含意明確的目光：掉頭回去，掉頭往回開……後來，一名中尉揮旗發出信號，坦克立刻隆隆開動，爺爺站著不動，坦克就從他身上輾過去，腦袋壓進了履帶，帝國軍隊一路再無障礙。

後來爸爸去找爺爺的遺骸，那輛坦克停在布拉格郊外讓吊車吊起來，爺爺的腦袋捲進了彎彎曲曲的履帶裡，爸爸只得懇求他們設法把爺爺的頭取出來，帶回去和身體一道埋葬，以保持天主教徒的體面。

從那時起，鄰里街坊展開了爭論。有人說，我爺爺是白痴，也有人說，爺爺不傻，要是大家都像他那樣拿起武器跟德國人拼命，天知道德國人會有什麼下場。

那時候我們還住在城郊，後來才遷進市內，我習慣獨來獨往，進了城，覺得世界小了。從此以後，我想休息換換空氣就得去郊外。可是，從郊外回來過橋時，街道、巷弄變窄了，我也狹窄起來，心裡老覺得家家戶戶的窗子後面至少有一雙眼睛看著我。每當有人叫我時，我的臉就發燙，因為我總有一種感覺，好像所有人看我都不怎麼順眼。三個月前，我用刀劃破了手腕動脈，這似乎沒什麼道理，其實理由站得住腳，我自己心裡明白，就怕人家一眼看出我的動機。家家戶戶窗後都有眼睛。

一個二十二歲的青年頭腦能有多複雜？正因為我想法單純，鎮上的人才那麼看我，以為我劃破手腕是為了逃避工作，我的那份工作得由別人幹，像曾祖父盧卡希和爺爺威廉那樣，剩下的工作都得由別人承擔。還有我的父親，所以在火車頭上待了四分之一世紀，也是為了今後不必再幹活。

德國人喪失了我們小鎮上空的控制權。我騎車沿著小路奔向飛機殘骸，斜坡上的白雪皚皚，車子經過的地方，每團晶瑩的白雪都像秒針發出清脆的滴答聲。我的手錶發出的滴答答聲聽得很清楚，但是還聽見其他滴答聲，那聲音來自飛機，來自一堆飛機的殘骸。

可不是，機艙內的大鐘還在走，而且走的時間還蠻準確。我對了對自己的手錶，分秒不差。後來我瞧見機艙底下有只手套，正好被陽光照著。我覺得那不單是只手套，手套裡面有人的手，而且那也不單是人的手，手的後面有胳膊，那胳膊還在人體上，人體說不定就埋在殘骸下面。

我藉著身體的重量蹬上車，四面八方都有雪粒在陽光下吱吱作響，就像小得不能再小的秒針發出的滴答聲。一列貨車從遠處沿著鐵軌疾馳而來，不時發出愉快的鳴叫。那是輛運煤車，現在正開回莫斯科特煤礦，共有一百四十根車軸，火車半腰處掣動桿蹭得火紅，向鐵軌滴下鐵液，但是帝國的火車仍然拉著那節早已剎車的車廂奔跑。

明天我就要回到車站上班。這車站是複線鐵軌，所有由西往東開的列車在時刻表上都以雙數為標誌，由東往西開的列車則以單數為標誌。休了三個月，我又回到運輸部門，又到車站當差。車站有兩條主線，一條供由西往東開的列車過站，停靠一號月台，另一條供由東往西開的列車過站，停靠二號月台。此外，一號月台右側的其他鐵軌都用單數標號：三號、五號、七號……；二號月台左側的其他鐵軌則用雙數標號：四號、六號、八號。

當然，這種鐵軌標號是為我們鐵路員工制定的，因為外行人站在月台上，比方說站在我們車站的月台上，會把一號鐵軌當作五號，把二號當作三號，把三號當作一號，把四號當作二號……

明天一早我將穿上鐵路制服，黑褲子、藍襯衫，工作時穿上縫有黃銅鈕扣的外套，媽媽早已用洗滌劑把扣子擦得閃閃發亮，然後縫上漂亮的封口領，領子和外套都有鐵路員工一眼就能看出職務高低的標誌。領子上飾有中專生的銅鈕，人家一看就知道我是鐵路技校的畢業生。此外還有一顆十分漂亮的星星，是用金色絲線繡的，說明我是鐵路運輸實習生。最漂亮的要算閃閃發光的領章，上面飾有齒形飛輪和紫藍色的金屬片，那飛輪就像金色的海馬。

明早天不亮我就動身，媽媽將動也不動地站在窗簾後面目送我。我騎車經過街坊的窗前，人們都在窗內，像我媽媽那樣掀開窗簾注視我。而我要騎車奔向河邊，在小路上，像往常那樣喘口氣，因為我不願意坐火車上班。在河邊，我可以自由自在地呼吸，這裡沒有窗子，沒有碰人後腦勺的衣鉤，不用擔心火車誤點。

車站值班室裡一切依舊，跟我三個月前離開時完全一樣。控制各輛列車通行的連鎖裝置，看起來仍舊像是一台巨型遊戲機。電報桌靠著窗台，從窗戶往外瞧，可見到一條五公里長的泥土路，路邊鑲著兩排已有年歲的蘋果樹。路的盡頭有座輝煌的城堡，城堡主人是金斯基公爵。今晨太陽剛剛升起，城堡下半截還埋在濃霧中，遠看像懸掛在金色鍊條上。桌上有三台發報機，那是西門子公司半個世紀以前的產品。

還有三本電報記錄簿，兩具鐵路專線電話和三具車站分機，整天一直有人通話。值班室裡柔和的電話鈴聲和發報機的答答聲響個不停，簡直像鳥市場。候車室的窗口總掛著用銅圈串住的綠色窗簾，窗旁有一座鐵櫃和一台扎票機。

調度員胡比奇卡歡迎我回來，說我們又一塊共事了。我病了三個月，還得從頭學起。調度員問我幾點鐘，接著捲起我的衣袖，但他不是看我的錶，而是剛剛癒合的傷疤。

我臉紅了起來，所以很快轉過身假裝尋找紅帽子。帽子放在衣櫥裡，沾了一層灰塵，帽頂上有老鼠的爪印。我對著晨光撣了撣工作帽，聽見站長養的鴿子在鴿棚裡咕咕叫。

向車站後面望去，可以看見賽馬場跑道上的所有障礙，這是帕爾杜比采大賽場的小跑道，因為金斯基公爵養了一條半純種的賽馬，這匹馬不僅在帕爾杜比采大賽中獲勝，而且還在利物浦大賽中為公爵贏得一百萬英鎊。那回發了大財，於是他在我們小小的車站後面開始為小鎮修建大電影院、劇場和音樂廳，可是沒有建成，後來改成糧倉，堪稱世界上最漂亮的糧倉，建築主體採用了羅馬式和希臘式的圓柱結構。照英語的說法，它叫利物浦糧倉……

站長七點半走進值班室。他體重幾近一百公斤，但是女孩們說他跳舞輕快得出奇。他的頭髮也梳得特別，左側的一撮頭髮越過禿頂搭在右側，右側的頭髮從耳根起爬過禿頂搭到左側。不過當他在月台信步走走時，一陣風就把他哥德式的拱形髮式吹得亂七八糟。

他推開站長辦公室的門。誰也不會想到，一個小站站長辦公室的陳設會如此講究。波斯地毯織有鮮艷的紅花、藍花，三隻土耳其凳子更增添了幾分東方味。辦公桌是桃花心木做的，死氣沉沉，高大的樅樹葉子像把雨傘在威尼斯軟椅旁撐開，遮住部分桌面。整個辦公室給人的感覺就像是一頂轎子，站長出門可以像教皇那樣坐在裡面。在洛可可的壁櫥上，放著大理石座鐘，鐘擺由三個金球代替，一會兒東，一會兒西，左右來回轉，聽到座鐘噹噹響的人，都會把臉轉向座鐘說：鐘聲真好聽！辦公室裡的大沙發罩著咖啡色蠟布，牆上掛著一幅大油畫，畫面向人們展示，特快列車正從威爾遜車站發車，向鐵軌和天空噴出一股熱氣，在雲霧中徐徐駛去。鐵路員工見到畫個個讚嘆不已，站長本人的興奮不說也知道。他一生中有兩個目標，一是當上國家鐵路局的視察官，二是名字後面加個頭銜：魯熱朗斯基男爵——因為翻開祖先的歷史，發現自己多少沾點貴族血統。據說鐵路員工當初屬於貴族階層，因此他實際上要算雙料貴族。

除此之外，站長還有一個普通的愛好：養鴿子。戰前，他養過紐倫堡的巴格台鴿，它翅膀上黑白相間的羽毛像飛箭。他每隔一天清掃一次鴿棚，換一次水，往鴿棚裡鋪一層穀種。但是自從德國人野蠻地入侵捷克，後來又打敗波蘭之後，站長便不再打理鴿棚。他在前往赫拉德茨之前，還特別吩咐站裡的一名員工，在他走後把紐倫堡的巴格台鴿統統掐死。一星期之後，他帶回幾隻波蘭猞猁鴿，藍藍的嘴，美不可言的翅膀，羽毛飾有無數灰白色的三角斑，那三角斑齊齊整整拼在一起，彷彿浴室地上的瓷磚。

我站在鐵軌之間，發覺有人在看我。我轉過身去，透過地下室敞開的窗子，瞥見站長夫人的雙眼。她在昏暗中一邊餵鵝，一邊覷起眼睛看我。站長太太人挺和善，晚上常愛到值班室坐坐，拿出鉤針織桌布，她鉤得那麼聚精會神，只見手指底下露出一朵又一朵花、一隻又一隻小鳥。電報桌上放著一本書，她低頭看幾行，再繼續往下鉤，那姿勢真像看著樂譜彈奏齊特拉琴。

每到星期五她都宰一隻兔子。從兔棚挑隻肥的，把牠夾在兩腿之間，用鈍刀切開脖子，兔子吱吱地叫了一陣，沒聲音了，她等上半天才把兔肉切片成塊。她眼珠溜來溜去，像在鉤織大桌布。她說，讓兔子流血到死，兔肉吃起來才會又香又酥。我不看也知道她怎麼殺那隻大公鵝，那樣子就像騎馬一樣跨到公鵝背上，把紅嘴扭到喉節，拔去脖子上的羽毛，拿刀劃個切口，讓血流入搪瓷鍋，等鵝斷了氣，站長夫人的腰已酸得直不起來，兩腿只好蹲一會兒。

「實習生赫爾馬。」站長喊。

我走進值班室，挺胸舉手敬個禮。

「報告，實習生米洛什・赫爾馬前來聽候吩咐！」

「坐下，」站長說罷從桌旁站起來，腦袋碰到樅樹葉。他站在我面前，用布滿血絲的眼睛盯著我的制服，然後替我扣上一顆上衣扣子。「我說，赫爾馬，你有沒有注意到女發報員不在這兒？」

「是茲台尼奇卡・斯娃塔嗎？」我說。

「斯娃塔……哈！」站長哼了一聲，「你在鎮上聽到什麼？」

「聽到了，那又怎麼樣？」

「真怪，女人幾乎排著隊追我們的調度員！他好像有三頭六臂，真是能幹！我們這沒沒無聞的小車站也因此名揚天下！多棒呀！」

「調度員胡比奇卡是個人物，」我說，「我在道布洛維采見習的時候，他就是我的師傅，鐵路附近的女人都找他……有回他跟一個女人硬是把站長的長沙發毀掉了……」

「他是魔鬼！」過了一會兒站長又開口說，「他在鐵路上混了十年，本來可以當個小站的站長，可是到現在領章上一顆星都沒有。剛想提拔，他又幹蠢事。看我，一步一步地往上升……」

「您領章上也只有一顆星，聽說您要去鐵路局當巡視，好縫上花領代替三顆星吧！」我說。

「我說，米洛什，」站長做起夢來，「你就會看到這樣的花領。」他說著打開衣櫃，取出一件新衣，上面縫有一顆鑽石星星的花領。

「不錯，米洛什。」站長說。

一列長長的貨車開過第一月台，速度飛快，軌縫規則地發出沉悶的聲音。站長把新衣重新疊好，小心地放進衣櫃，生怕弄皺了領子和衣角。然後他拿盒鳥食，打開窗子，波蘭猞猁鴿紛紛飛進值班室。為了爭奪站長肩上的棲落權，鳥兒在空中互相打起架來，末了全都像飛落在紀念碑或水池旁那樣，在站長身上坐下來，向站長一個勁兒地鞠躬、獻媚，倒不是想得到鳥食，而是為了取悅於他，因此紛紛做出媚態啄他的臉，啄得那麼輕柔，彷彿都是他的心肝寶貝。

貨車的轟隆聲已在遠方消逝。車站上列車開動的轟隆聲不絕於耳，夜深人靜時，每趟晚間列車都震得方形或長形的玻璃窗嘩嘩作響。

「調度員胡比奇卡和茲台尼奇卡在一起會做什麼事呢？」我問。

「畜牲幹的事！」站長說罷，笑容可掬地噘起嘴唇親鴿子，「他禽獸不如。不過，米洛什，我不會再為這事生氣了，赫拉德茨路局的監委正在調查……簡單說吧，胡比奇卡值夜班，把茲台尼奇卡推倒，然後撩起她的裙子，拿我們車站的戳印在她屁股上亂蓋一通。我們的女發報員滿屁股都是戳印，還蓋了日期戳！茲台尼奇卡早上回到家裡，她媽媽看到了戳印，立刻跑到車站來，說是要向蓋世太保告狀。這麼一來，米洛什，我這個當站長的不得不寫份報告，糟糕透了！茲台尼奇卡也得馬上去鐵路局，局長還親自查看了她身上的戳印！糟糕透了！」站長大喊一聲，他肩上的鴿子差點掉下來，及時展開翅膀才保持住平穩。

在小站的對面，伯爵夫人金斯卡騎著黑馬沿著籬笆小跑過來，大概剛從莊園回來。她身體一顛一顛的，和黑馬的步伐相應和。站長帶著波蘭猞猁鴿走到月台，向騎馬而來的伯爵夫人鞠躬致意。伯爵夫人越過鐵路，策馬走到車站門口才停住，然後輕盈地跳下馬，馬褲在皮鞍上蹭了一下。站長上前吻了吻她的手，而後和她並肩同行。他肩上坐滿波蘭鴿子，夫人倒一點都不介意，甚至還伸手摸摸，和站長有說有笑。

胡比奇卡兩眼盯著伯爵夫人。

「米洛什，知道我在想什麼嗎？我想變成那個馬鞍，」他指著那匹黑馬，然後吐了口口水，嘻嘻一笑說，「米洛什，我做了一個好夢，夢中我變成了小車，伯爵夫人拉著我走進倉庫。」他又凝神緊盯著伯爵夫人，欣賞她的雙腿，在站長陪同下她正走向糧庫。

伯爵夫人說了一個駭人聽聞的消息，站長聽了大吃一驚，連肩上的鴿子也嚇得紛紛飛開。伯爵夫人向站長伸出手，站長恭恭敬敬地吻了一下，然後想幫她上馬，但是她搖搖手，身子一躍趴到馬背上，迅速撐開兩條腿。胡比奇卡抹抹嘴：

「她屁股多有味！」他說著又吐了口口水。

伯爵夫人騎馬走出車站，黑馬映著艷陽，在閃閃發光的白雪上投下身影。胡比奇卡把女人分為兩類，優勢在腰部以下的女人，屁股有味兒，伯爵夫人屬於這一類；優勢在腰部以上的女人，乳房有味兒，那叫雙峰妞。而他，鱸魚一條，野雞一隻，火鉤一根……

站長氣鼓鼓地跑進車站大廳，大聲說：「胡比奇卡，連伯爵夫人都知道你的事啦！」

站長在門旁一轉過身，板著面孔點了點頭，然後上樓直奔廚房，拿起椅子在地板上砸了好幾下，樓下值班室的天花板震得石灰往下掉，站長衝著天窗叫嚷：

「該詛咒的色情世紀！一切都色情化！什麼都用色情刺激。別說成年男子漢，就是少年見到牧鵝小妞也都春情大發！

色情讀物和電影造成了多少婚姻悲劇！要把出售淫穢讀物、影片和畫冊的商人及其父母也帶上法庭！打倒腐蝕青年的荒唐圖像！倘若不加阻止，挨剮的屍體中不僅有賣牛奶的女人，而且必定有自己的姐妹或表姐妹。瞧，化妝美容店的櫥窗展出栩栩如生的女郎模特兒，還把她的胯部切開亮著，年輕人看了心裡多癢！走進畫家的畫室，你會懷疑自己走進了出售人肉的肉舖。多殘忍的吃人世界！法蘭克女郎尋求鑲有金牙的金髮男人，他能在皇冠快餐店買個澳洲蘋果給她。呸！除了肉還是肉！目光所及盡是色情的屠殺。被告席上坐著被告和熱衷於性教育的教師。傷風敗俗和尋歡作樂的人越多，搖籃就越少，而棺材也就越多！」站長在二樓廚房裡衝著樓下值班室嘟囔了半天。

因為，一方面站長本人是布拉格古風復興協會會員，另一方面，伯爵夫人為牲畜預訂運貨列車時常常數落站長，說他信仰不夠堅定，一旦天主教失勢，整個世界必將沉淪。站長如果穿著制服路過教堂，總要對著教堂行舉手禮。如果穿著便服，就會脫帽向教堂鞠躬，而且不出聲地自言自語一陣子。

連鎖裝置發出嘎嘎響聲，紅色小齒輪變為白色，我從裝置中拉出制動銷子，快步奔到月台。走進貯藏室時，火車鳴起進站的笛聲，站長不慌不忙地走下樓來，好像什麼事也沒發生。他對著天窗叫嚷一陣，心裡才好過，似乎那是洩憤壁。胡比奇卡說，站長就是這樣的人，對自己的老婆也大吼小叫，他老婆——沃拉鎮一家肉店老板的女兒——在他面前向來不甘示弱，一年之中總要跟他大鬧四次。當站長扯大嗓門，斥喝她該做個守本分的婦道人家時，站長妻子就會順手拿起一件東西朝他砸過去。有一次，正忙著過聖誕節，站長衝著她吼了兩聲，她立刻把站長拽到浴室，打了他一耳光，他身子一晃，跌進養著幾條聖誕鯉魚的浴池裡。

站長走進值班室，目光一掃，發現運輸調度有問題。

「我說，孩子們，有什麼情況嗎？」他用父親般的口氣說。

「有列車停在站口，」調度員胡比奇卡做個鬼臉說。

「是那輛特護軍列車？」站長睜大眼睛問。

「是寫有三個驚嘆號的列車，」我說。

「你們看過……」他指著由帝國軍代表簽發的布告。

「看過，」胡比奇卡說。

「你們考慮過沒有……?」

「考慮過，而且拿定了主意。」胡比奇卡笑笑說。

「孩子們，不行，否則要作為消極怠工論處。」站長點點頭走向月台。

在列車上有位工程師，名叫洪齊克，是鐵路運輸科科長，特地到利鮑赫來檢查這輛列車，但是現在卻作為人質站在火車上，兩隻眼睛翻著白眼，合起雙掌緊靠著車窗，又用指頭指指車站門內，意思說我們車站扣下了他的車。

站長舉手敬了個禮，我走向鐵軌，也向他敬個禮。火車嘎然停住，從上面走下兩名黨衛隊士兵，手中拿著自動手槍，眼睛盯著我的紅色帽子。我做立正姿勢敬禮，但是他們分別從左右側拿槍對著我的胸膛，逼我登梯爬上火車，列車立刻隆隆開動。我很驚訝，那兩名黨衛隊士兵都長得很英俊，外表更像詩人或者網球運動員，可是他們卻和我一起站在列車上。站在工程師洪齊克旁邊的是車長，他戴著奧地利獵帽，臉上有道很長很長的傷痕，從兩頰跨過嘴巴伸向下巴。火車司機也穿著制服，手握變速拉桿，身體靠在彈簧皮椅上。那是帝國製造的蒸氣火車，司機座位的一側裝有升降搖桿，如同醫院的座椅，隨時可以放下變成臥躺的小床。那兩名士兵的槍口一直頂著我的胸膛，眼睛像槍口一樣紋風不動，但是注視著眺望窗外大地的車長。

我看見一家農舍，有人出於好奇掀開天窗，爬上錫製屋頂，然後舉起雙手，彷彿示意要投降。列車上的士兵十有八九向他喊過話，肯定端起步槍瞄準了他，那人在屋頂上舉著雙臂，好像在暢懷痛飲陽光。他叫約爾達，村裡的一名癡人，常年在外放牛，一到星期天下午，他就在魚網裡裝瓶啤酒，然後坐上小船，隨時都可倒滿一杯啤酒；他穿著運動褲站在小舟當中，就像現在站在屋頂那樣，舉起雙臂一邊暢飲陽光，一邊衝著太陽高喊：欸！欸！欸！然後把一杯啤酒一口氣喝光。我還瞧見站長夫人，她站在廚房窗口，兩隻眼睛正好被窗簾上的細銅棍隔開，她舉起雙手打招呼；後來特護軍列車頭開動起來，挨著另一列千瘡百孔的軍車駛入第五軌道。我回過頭來，想看看兩名士兵有何反應，他們審視我的眼神，和我投向千瘡百孔的軍車的眼神非常相似。

「你這小子真壞！」一名黨衛隊士兵蔑視地說。

「這蠢豬不如趁早宰了好，」另一名士兵說。

「已經耽誤了三十分鐘啦！」罵我壞小子的士兵吼叫道，同時用槍口捅我的肋骨。

那又怎麼樣，三個月前我已尋過短見。那時我趴在售票處窗口，天剛黑下來。售票員披著栗色長髮，我說：「我要買張車票。」她見我面熟，便問：「發車員呀，你要去哪？」我說：「您第一次的目光所向，就是我要去的地方。」她笑笑說，「第一次的目光所向，是什麼意思？我的眼睛一直看著車票呀。」我說：「小姐，這麼辦吧，您的眼睛看著我，伸出左手隨便抽出一張來。」她做了個鬼臉：「我說發車員，天黑不開燈我也能賣票。」她格格笑起來，因為覺得我在跟她開玩笑。於是我說：「那這樣吧，你就把第七行、第七格的第七張車票拿給我，猶太人好像有這個『幸運數字──七』。」

她伸手取票，眼睛一直盯著我，說：「這趟車開往貝奈肖夫的溪鎮，票價二十克朗……」

火車顫動著，遠處的山坡上白雪皚皚，雪剛融化，在陽光照耀下閃閃發光。路旁的溝裡躺著三匹死馬，是德國人在夜裡從馬車上扔下的。現在死馬躺在路邊，四腳朝天，像幾根立柱，構成隱形的天堂入口的門架。工程師洪齊克看看我，目光充滿哀傷和忿恨，因為在他的管區內，特護軍列誤了點。這一定怪罪於我，黨衛隊士兵把我抓到火車上，他們恨不得把槍口對著我的額頭扣下扳機，讓子彈在我腦袋裡開花，然後打開門扔下車……

我清楚無誤地感覺到了。不過他們也只能裝模作樣，他們才不敢真的下手，因為這兩個士兵都是公子哥兒。在美麗的少年少女面前，我一向心裡發毛。跟漂亮的人說話挺不自然，不僅結結巴巴，而且渾身出汗，俊秀的臉蛋會使我六神無主、眼花繚亂，以致我不敢正視。

可是那位車長又太醜，臉上的疤痕那麼長，好像他小時候跌倒時臉碰翻了咖啡鍋。他剛才看了我一眼，我舉手抓住垂在車頂下的吊環。我敢這麼做，是因為車長用欣賞的目光看我，知道我是鐵路上的小傻子，聽候赫拉德茨鐵路局的吩咐，站在鐵軌旁邊開關紅綠燈。一段時間以前，帝國軍隊經過我們車站向東開拔，現在又由東往回撤。我對自己說，德國人是瘋子，十分危險的瘋子。我自己多少也有點瘋狂，但是我只傷害自己，而德國人發瘋一向傷害別人。

有一回，德國軍車停在第五號軌道，全車的士兵紛紛湧到鎮裡搶購食品和點心，不少人排隊買代用蜂蜜。一個士兵偷偷取了一罐，不知怎麼回事，代用蜂蜜飛濺了一地，店老板隨即檢查貨架，發現少了五罐。指揮官命令全體士兵上車，為了找出五罐蜂蜜，搜查了所有車廂，一直查到天黑，一罐都沒有找到。指揮官只好親自去見店舖老板，向他行軍禮表示道歉……現在和我一塊站在火車上的德國兵，說不定就是那夥德國人，我看十之八九是。

司爐朝我眨眨眼，一副高興的樣子，拿起煤鏟添煤，先甩到爐子後面的爐火箱上，而後再有節奏地把煤甩到中央，最後一鏟煤把爐火箱的邊緣全舖滿了。車長看著我的手腕，我的手腕上有道疤痕，袖子滑落露了出來，車長瞧得出神，好像我是一幅有趣的畫。那位車長大概知道我的底細，所以又從另一方向仔細觀察，他的眼珠很像兩粒膽結石。其他人也都把目光轉向我的傷疤，車長伸手捲起我的另一隻袖子，看見了第二個傷疤。

「伙計，」他說。

他做個手勢，讓特護軍列減速，對著我背部的兩支手槍同時放下，我沒有回頭瞧那兩個長相英挺的士兵，眼睛一直看著地上，那是堅硬無比的鐵板，隨著火車沿著鐵軌爬行而不停地顛動。

「走吧。」車長說。

「謝謝。」我小聲地回答。

我弄不清是不是跟我開玩笑。我打開車門，踏上車梯，拾級而下，前腳邁向小路，像跳哥薩克舞，身子往前一躍，我站住了。火車開始加速，從我面前駛過的頭幾節車廂全都敞開著，裡面有兩部坦克。有的士兵打開罐頭，捲起袖子拿刀叉起一塊肉往嘴裡送，有的士兵腿上放著衝鋒槍，不停地晃動皮靴，好像雙腿陷入了泥沼。每一節車廂從我身旁經過時，我都覺得後背隨時會成為德國兵的靶子。

列車的最後一節箱式車廂，窗子開著，一雙黑色女襪在窗內晃盪，也許坐在裡面的是戰地醫院的護士。可是我依然是德國手槍、衝鋒槍的射擊目標，因為我跟德國人打交道有切身體會，誰知道他們會做出什麼壞事。就說卡拉斯柯娃太太，她是我們家的鄰居，一九四〇年被德國人關進監獄，去年過聖誕節才放回來，整整四年，她待在佩奇卡爾擦洗刑場的血跡，洗了整整四年的血，劊子手待她還不賴，給她餅乾吃，叫她唱〈黑色的眼睛，為什麼流淚？〉，後來對她說「回去吧……」，不明不白地把她釋放了。後來他們寫了一封道歉信給她，但是卡拉斯柯娃太太對所有事情已經糊里糊塗分不清了。勞工所讓她到鍋爐房上班，把油桶交到她手裡，她不得不去擦機器，往軸承裡加潤滑油。

我走近鐵路拐彎處，老遠就見到三匹死馬四腳朝天，像古代陵墓的圓柱聳立著。我想起了瑪莎，和她第一次見面時，我正在跟師傅學習。師傅把兩桶紅漆交給我們，要我們漆路旁的柵欄。瑪莎和我開始動手，我們面對面站著，她和我之間隔著高高的鐵絲柵欄，漆桶放在腳邊，手裡拿著刷子，面對面分別往柵欄上刷漆。

柵欄總長四公里，我們總是這樣面對面地工作，整整五個月，天天面對面。我和瑪莎無話不談，但是中間總隔著一道柵欄；約莫漆好了一半之後，有回我把紅漆幾乎刷到瑪莎的嘴邊時，我對她說，我愛她，她在對面邊刷邊說，她也喜歡我……她凝視著我的眼睛，那段柵欄靠著路溝，野草很高，我伸過嘴去，隔著剛剛漆過的柵欄和她親嘴，我們睜開眼睛時，她和我的嘴唇上都沾了紅漆，我們哈哈大笑。從那時起，我們一直非常快樂。

我走到三匹死馬旁邊，坐在其中一匹的肚子上，腦袋靠著它的腿。另一匹死馬頭上的一隻眼睛驚恐地瞧著我，彷彿這匹死馬和我一起度過了剛才我死裡逃生的分分秒秒。

那回我在貝奈肖夫溪鎮的旅館裡，上樓梯時，看見穿著白色工作服的瓦匠蹲在樓梯拐彎處鑿牆眼，以便把兩根螞蝗釘敲進去，待會就可以掛上消防滅火器，那是米尼馬克斯公司的產品。瓦匠已上年紀，然而他虎背熊腰，必須側身讓路我才能通過。經過他旁邊時，我聽到他在哼圓舞曲。我走進房間，時值晌午，我取出兩片刮臉刀片，放在浴室的小凳上，其中一片刀刃朝上插在凳子的縫隙裡。我也開始哼那首圓舞曲，曲名叫〈盧森堡伯爵華爾茲〉。我脫下衣服，扭開熱水龍頭。然後我站著想了想，悄悄地拉開房間門，那瓦匠站在門外走廊上，像我一樣，都想看看對方在做什麼。

我立刻甩上門，溜進浴缸，慢慢地坐下來。水燙得很，痛得我叫出聲來，但是我堅持坐著不動，然後抬起手腕，用右手在左腕上劃了一刀……而後右腕在小凳上的刀刃上使勁一拉。我把兩手泡在熱水裡，看著鮮血緩緩而流，看著浴缸裡的水越變越紅。手腕不停地冒著血，彷彿有人從我手腕上拉出一條長長的紅緞帶，在水中悠悠地舞動……後來我的血在浴缸裡漸漸濃縮，像我們刷了四公里柵欄的紅漆一樣濃縮，當時我們不得不加進松節油稀釋……我的腦袋垂了下來，有點鹹、又帶有草莓味的水流進我的嘴裡……無數深藍、紫紅的圈圈連成一條彩色的曲線在我眼前飄浮……後來，一個身影朝我俯過來，胡亂觸著我的臉——是穿著白色工作服的瓦匠。我像一條大紅魚一樣被他從水中撈起，兩隻流著血的手腕挺像鰭。我的腦袋塌在他的衣領上，發覺自己濡濕的臉有股生石灰氧化後的氣味……

我坐在死馬肚子上，腦袋靠著朝天伸著的馬腿，用手摸摸長長的鬃毛……一列貨車開過，一聲歡快的鳴叫。車廂有節奏地一下將我遮住，一下又把我暴露在外。我顫抖起來，嘴裡流出口水，想起一切的一切都始於卡爾利納的諾依曼大叔家。那是瑪莎的舅舅。我在他家過夜，他讓我睡在攝影室的沙發上，還給我蓋上一塊作攝影背景的畫布。布上畫著布拉格市景和在上空飛行的飛機。顧客們拍照都愛選這塊畫布作背景，把自己當成飛行員或觀察員。顧客也真好玩，成群結隊地走進照相館和飛機合影。

顧客陸續進來，站在畫布前面，有的站到椅子上，有的立在矮凳上；諾依曼大叔往他們手裡塞瓶酒或杯子，然後鑽進攝影機的布罩內，舉手打個信號，拍完立即又鑽出布罩。五分鐘後，他把洗好的照片交給顧客，因為門口有張大標語：五分鐘可取。

一上午都有顧客進出，最後來了兩名德國兵，一個站在椅子上，一個立在矮凳上。諾依曼剛把畫有布拉格市景和飛機的畫布架在他們身後，忽然一聲震耳欲聾的巨響，接著一陣狂風吹來，刮倒了畫布，兩名德國兵摔倒在地，鑽進攝影機布罩裡的大叔也跌倒了。這還沒什麼大不了，更嚇人的事還在後頭。我親眼看見巨大的氣浪沖倒了攝影室的外牆，捲走了大叔和兩名士兵。房間裡的瑪莎和大嬸也被氣浪刮到空中。她們想把飄開的裙子拉下，但是根本白忙一場，頭髮倒豎著往上飄。煙雲籠罩整個天空，後來我們一個個都像皮球一樣被摔到草地上……最後一次氣流衝擊捲走了「五分鐘可取」的標語牌……

幾個行人匆匆越過大街，之後，一切安靜下來。過了好久，終於聽到警報聲，幾輛救護車急馳而過。後來又見到幾個跌跌撞撞的行人，像瘋子一樣哈哈大笑，沒完沒了的笑，在草地上摔了個臉朝天，躺著依然大笑不止……後來才有一個人走來，轉身指向維索恰尼（Vysocany）說：空襲真可怕！他看了看草地和「五分鐘可取」的標語牌，反覆說著含意相反的一句話：五分鐘就完……

我鑽過攔路桿，五號鐵軌上停著一列客車。所有車廂千瘡百孔，我看見頭一節車廂上貼著一張標籤：發往地點：國營車輛修配廠，始發站：克拉科夫（Krakow）。游擊隊一直在破壞靠近前線的德國列車，沒有一列客車的窗子有塊完整的玻璃。所有列車都彈痕累累，車廂壁不是中了無數機槍子彈，就是被手榴彈炸得滿處窟窿，有的被山炮或從敵人手裡繳獲的迫擊砲轟得遍體鱗傷。連客車都成了這副模樣，而且早已棄之不用，每個包廂兩頭都有門，車廂前後都有車梯。幾乎每扇門上都有乾凝的血斑。

我探頭窺視了幾個包廂，情況大同小異。滿地都是碎玻璃、釘子、鈕扣、軍服袖子、血跡斑斑的褲子、手帕、散落的棋子和撲克牌，應了打牌通常玩的「兄弟們別見怪」；還有小圓鏡、口琴、蓋著一層雪的書信，長長的綳帶和兒童彩色氣球。我拿起一封信，信上有軍靴踩過的印子。信的抬頭：親愛的希努基・布基！信的末尾：你的露易絲。還有女孩的唇印。角落裡有只鞋帶散開的軍靴，正齜牙咧嘴地吐出舌頭。地板上躺著兩隻死鴉。

那次我從醫院回來，天氣冷得讓人受不了。在我們鎮旁的樹林裡，聚集著一群群黑烏鴉，讓朝陽的寒光一照，羽毛顯得烏亮。我走進林子一看，樹上和地上棲息著上千隻烏鴉，大都奄奄一息，或者已經斷氣，就連坐在樹枝上的也已在昏睡中凍死。那回我朝樹幹狠狠踢了一腳，枝葉上的寒霜簌簌地落下來，幾隻死烏鴉掉下時擦過我的肩膀，不過很輕，輕得像法國軟帽。

我從車梯最後一階跳到五號鐵軌，朝車站值班室瞥了一眼。胡比奇卡雙腿擱在電報桌上，雙臂交叉在腋下，腦袋垂到胸前，正在睡覺。

這本領我也有；值班時，如果想睡，眼睛一閉就行。當人愛睏，最好偷空打盹。不過發車員值班時睡覺，都受特別信號系統的控制。身體酣睡，大腦處於清醒狀態。一旦電報機發出聲音，發車員會立刻站起來按接收鍵，發出本站的呼號，處理完畢，坐下來繼續睡。發報機白帶上的電文收完，發車員又醒來，發出「一切明白」的信號，再把本站的呼號鍵接上，然後關機接著睡。還有，一個正經值班的發車員，發出進站信號後，也小睡一會兒。但是他耳朵不睡，無論是有人進來一跺腳，還是進站的火車開到臨時專用軌道，他都聽得見。甚至是值班室的路運連鎖箱忽然「喀嚓」一聲都會聽到，那聲音就像有人把小勺子放進咖啡杯。

聽到站長下樓，胡比奇卡趕緊把雙腳挪到地上站起來。站長穿著舊制服，十有八九又去清掃他的鴿子窩了，褲管和袖子白花花的，沾滿了乾結的鴿糞。

我走進車站值班室。

「報告，發車員米洛什・赫爾馬又來上班啦！」我說。

他們隨即和我握手，拍拍我的肩膀，站長甚至淚水盈眶。

「米洛什，我對您說什麼來著？要多加小心！我再次提醒您。」站長說罷轉過身，指著布告下面的簽名：「這位赫拉德茨路局的帝國特命全權代表親口聲明，出了差錯他絕不手軟！他會槍斃幾名調度員！」他點點頭，一隻鴿子在月台一邊叫一邊展翅滑翔，領著一群波蘭猞猁鴿朝值班室飛來。

一列貨車駛進車站。站長走向月台，鴿子紛紛起飛，落到站長的肩膀和頭頂上，他不得不張開臂膀，讓波蘭猞猁鴿停在上面，就像停在廣場的塑像上那樣。站長得意洋洋，因為車長和機務人員對他都刮目相看，司機為了一睹站長的風采，洗手都顧不上擦肥皂。站長邁著從容的步子，肩上的一群鴿子生怕掉下來，不時搧動翅膀。

「給我的煤太糟啦，」司機說，「難燒極了。」

「我說，司機，你近來還畫畫嗎？」調度員胡比奇卡問。

「畫，」司機點點頭，「我在畫大海呢。我說，你們的站長可以帶著這些鴿子去馬戲團表演啦。」

「表演個屁。」調度員說，「不過，您真的畫大海呀？」

我站在月台上，望望車長和他手下的機務人員，還有司爐工。我立即看出他們在此臨時停車是想親眼看看胡比奇卡，他身上是不是像人家說的有股邪氣，值夜班竟敢撩開女服務員的裙子，在她屁股上蓋戳印。

「是呀，」司機說，充滿好奇的雙眼卻盯著胡比奇卡，「不過我只是放大風景明信片上的大海，就算臨摹吧。」

「您自個兒不去風景區寫生？」調度員問。

「得了，去風景區幹嘛？風景區的一切都處於動態，」司機笑笑說，把臉轉向貨車眨眨眼睛，大家也跟著笑起來。「在風景區我什麼都畫不好。有回我去實地寫生，從學校借了一隻絨毛狐狸，進了林子我把它放進一堆樹葉之中，我剛動筆畫，不知哪裡跑來兩條狗，把狐狸撕成碎片！白賠了三百克朗！讓風景畫見鬼去吧！」

調度員胡比奇卡仰望著天空，我似乎看見女報務員茲台尼奇卡橫臥在藍天裡，胡比奇卡撩起她的裙子，然後取出一枚又一枚的圖章，在她屁股上蓋戳印……我還看見列車機組人員也都仰頭觀察天空，大家都見到相同的——風流韻事。他們為此才藉口放氣換水，安排了臨時停車。

他們對著藍天飽享眼福，又好奇地把胡比奇卡端詳一番，調度員忽然變得英俊無比，甚至他嘴角的皺紋和向外彎曲的腿也變得十分順眼。我明白，在姑娘們的眼裡，胡比奇卡不乏魅力。

「您知道我是怎麼臨摹明信片上的大海嗎？」司機問，「我把畫布放進夾板，明信片別在夾板頂上，然後我照著畫。可是我的手有點怪，明信片上的浪濤就是移不到畫布上，真氣人……」

「大公，」胡比奇卡說，「您看著海浪揮毫作畫，畫布夾好後，要先把海浪的魂抓住，然後把浪魂逐漸放大，大到您所需要的程度，這時才可直接畫到畫布上。」

「老兄，您肚子裡還真有點墨水哩……」司機驚訝地說。

我走進值班室接電話，聽見站長喝斥他的波蘭猞猁鴿，其他鴿子都已飛進鴿棚。我有一天也想躲進鴿棚去。我透過鴿棚縫隙觀察站長逗鴿子玩，覺得站長跟牠們嘀嘀咕咕的時候，鴿子都笑顏逐開。不過站長有時也抓住淘氣的鴿子打屁股……

我戴著耳機，眼睛轉向月台，他們都站在陽光裡。司機朝調度員俯過身去，悄悄地說了些什麼。當我這麼側著身斜眼看了看運煤的車廂時，不由得大吃一驚。竟然有幾對牛角伸出車廂，牛頭抬得高高的，眼睛望著月台，都是大乳牛，目光充滿好奇和哀傷。幾乎所有車廂的地板都已被牲口踩得不成樣子，甚至踩出了窟窿，乳牛的腿掉進去，磨破了皮，不能動彈……我心裡不是滋味，看著受不了。有回列車運送飢腸轆轆的小牛，停在車站時，我忍不住從車門的門縫伸進指頭，讓牠們當作奶頭舔一舔，可是我覺得很不是滋味！還有那些運送羊羔的車廂，屠夫把羊捆起來，四肢用麻繩勒得極緊，我實在無法忍受看到這情景，無法忍受！記得在寒冬臘月，無頂的車廂把豬運往屠宰場，肥豬互相頭靠頭不敢動，生怕一動會跑掉身上的熱氣，個個凍得蹄子打顫，多可憐，我心裡真不是滋味！就連在炎熱的夏天，情況也一樣，有天從匈牙利運來一火車肥豬，四肢雖然沒有捆緊，可是它們渴得要命，像奄奄一息的鳥兒……

我跑出值班室。

「貨從哪兒運來的？」我問車長。

「前線。牲口上路十天了。」車長揮揮手說。

我跳上車緣，朝下一看，所有牲口都在流鼻液，其中幾頭已經斷氣。一頭剛生的牛犢趴在死牛的屁股上，散發出腐爛的臭氣……目光所及，無不都是一雙雙憤怒的、受盡折磨的眼睛，我悲憤地舉起雙手。整整一列車的牲口都張著憤怒的眼睛。

「德國人是豬狗！」我吼叫著。

車長揮揮手：「豬狗不如！後面還有三車廂綿羊哩，也都快斷氣了……餓得互相啃起皮毛來啦！」

「水已燒開了，」司機說，然後又悄聲說道：「您聽說過嗎？昨天夜裡游擊隊在伊赫拉伐附近炸毀了一輛特護軍列，炸得乾淨俐落；另一包炸藥還炸斷了大橋，整輛列車全都墜入深淵。」

他登上機車，拉了一下變速桿，列車緩緩起動，拉走一節又一節敞篷車廂。車廂外面露出一對對牛角和眼睛，磨破皮的牛腿戳在車廂底部的窟窿裡。過了利物浦糧倉，在靠近天橋的地方，又掛上兩節車廂，那是早上「火箭號」火車特別為布拉格屠宰場拉來的。

後來又通過兩輛特護軍列，載的全是坦克，一色「鐵虎」型號，每列火車上都有軍官坐鎮，這大概是游擊隊在伊赫拉伐炸車的結果。牛販牽著牲口離開村子，公牛不停搖動尾巴挑逗母牛。那母牛絕望地在公路上躺倒不走，牛仔在牠尾巴下面塞把麥草，然後劃根火柴把草點燃。稍停，又一輛馬車從莊院駛來，車繩繃得很緊，因為車子後面繫著一頭公牛，膝蓋磕破了皮，鼻子也在掙脫鼻栓時受了傷。現在牠的雙角被繩子牽住，牢牢地拴在車子上。公牛明白過來已為時太晚，一個姑娘把牠牽出來交給屠夫，牠被她的裙子所出賣，因為牠聞慣了她裙子的氣味，願尾隨裙子走遍天涯。現在沿著積雪融化的路面，牠無奈地讓馬車拖著往前走，雙膝傷口流著血，在身後留下兩道紅紅的虛線。

「米洛什，」胡比奇卡一邊說，一邊讓我轉過臉，抓住我的下巴，「你在德國鬼子的火車上，替我受了那份罪，我永遠不會忘記你。」

電話鈴響。

「德國人是畜牲。」我說。

我拿起電話筒，一聽大吃一驚。

「調度員，揚旗落下了！」

「該給哪列火車開綠燈？」他問。

「火箭特快。」

「那就糟啦，」他說。

「調度員，」我說，「我騎車走一趟，我把揚旗固定在放行的位置，托住就行了。」我跑出值班室，沿著小路騎車直奔信號桿，順著絆釘爬上去，叉開腿騎在燈架上抬起揚旗。特快開往前線替軍官運送食品、飲料和書信，特快途經各站只給特護軍列讓路，司機見我跨在信號桿上，特意向我舉手致意。我掏出手電筒，打出綠色信號，示意特快暢行無阻，司機換檔加速，特快貨車飛馳而去。我被煙霧籠罩，過了好一會兒才看見調度員，他站著目送特快離去，車頭推開軌道上的積雪，車尾後面雪沫四濺，有時還飛出紙片和樹枝……

到了午休時間，我把盛湯的飯盒放在爐子上熱了熱，為即將進站的巡視車拉好揚旗，調度員兩腿擱在電報桌上，眼睛凝視著窗外的藍天。

「今天坐巡視車來的有誰？聽說過沒有？」他問。

「聽說段長要來，」我說，把勺子放進飯盒攪了攪湯。

後來有人輕輕推開門走進來，我看見來者穿著灰色褲子、擦得發亮的皮鞋和冬大衣。

「你們好開心呵，」來者說。

「是嗎？」我說，隨即端起飯盒喝湯，調度員的雙腿依然擱在電報桌上，眼睛望著天空。

「你們知道我是誰？」來者問。

「知道，」我說，「您是受屠宰場的委託，來取貨運單的。」

「也許是，」來者說，「你們的站長在哪？」

「在鴿子棚裡，」我說。

來者一聽大發脾氣。

「他在站上，我是誰你們知道嗎？」他又問了一遍，然後自己回答：「我是運輸科長斯羅希尼！」

我明白了。先前常聽站長和調度員談起運輸科長斯羅希尼，一說到此人大家就不寒而慄。我連忙站起來，一手端著湯，一手舉起來向他敬禮報告：

「見習生米洛什・赫爾馬在此值班。」

「放下飯盒！」科長大吼一聲，把我手裡的飯盒打落在地，還抬腿踢了一腳，飯盒叮叮噹噹一路滾到酒櫃下。我趕緊立正敬禮，但是調度員依然坐在椅子裡，雙腿擱在電報桌上，彷彿被科長的威風嚇呆了。窗外出現站長的身影，站長走進值班室，看樣子，剛從鴿棚下來。他沒有戴帽子，照樣舉手敬禮，開始向科長報告情況。

「稍息！」科長低聲說，然後仔細看了看站長沾滿鴿糞的舊制服，發現上衣只剩一個扣子，然後繞著站長邊走邊瞧，觀察他污跡斑斑的褲子。

「我想……」站長開口道。

「他的腦子也會想？」科長低聲問我。

「是的，」我說。

「是嗎？」科長很驚奇，「我曾推薦他當運輸科視察員，您知道嗎？」

我聳聳肩。

「我說，您想不想當名運輸視察員？」科長昂起腦袋問站長。

「想，」站長喘了口氣。科長帽子上頭的羽毛在他額前晃動。

「然後繼續在這站上放鵝，是嗎？」

「不，」站長嘆口氣說。科長帽頂上的羽毛又晃了一圈，彷彿用白筆畫了個問號。

「這事我們改天在赫拉德茨鐵路局再談。可是，車站現在變成什麼樣子啦！」科長喝斥道，接著一拳把調度員擱在桌上的腿打到桌下。「巡視車裡坐著誰，您清楚嗎？」他指著調度員：「監察小組，特地來調查這位調度員的問題，對他侵犯人身自由的罪行是應該起訴，還是給予紀律處分，要有個結論！」

站長推開自己辦公室的門，讓科長看看織有許多紅藍花朵的波斯地毯、桃花心木桌子、葉子像傘一樣張開的棕櫚樹、土耳其茶几和圓凳，但是科長直搖頭。

「真是什麼樣的老板就開什麼樣的店鋪。」科長說。

後來，監察官澤德尼采克提著公文包進來，把照片放在電報桌上，照片中有許多蓋在女報務員屁股上的戳印。站長要求離開去換衣服，說要換件特製的制服，但是科長不准他走開，要他坐下來做記錄。然後，女報務員也走了進來。我簡直無法認出她來，彷佛那些戳印和誹聞使她剛強起來，也替她增添了魅力和姿色。她的眼窩更深了。她和我握手並且溫情脈脈地瞧著我的眼睛，說她也許要去拍電影，因為電影公司對她感興趣，我聽了不知所措。

監察官首先打開袖珍歐洲地圖，就帝國的軍事形勢進行扼要分析，以此作為開場白。地圖上面露出幾個洞，大概是因為監察官一直放在口袋裡而被磨破。地圖上的每一個洞都有瑞士那麼大。監察官講了喀爾巴千山的軍事形勢，曼斯弗爾德率領的第五軍正在那裡作戰，他的兒子布塞傑斯拉夫・澤德尼采克就在該軍服役。在地圖上，第五軍依然停在那個洞裡，它到達該地已經一個禮拜，可是還沒有走出谷地。監察官的兒子雖在第五軍打仗，但是像他父親一樣，德語說得一場糊塗。他申請當德國公民，方法極簡單，只要把自己捷克姓名上的鉤鉤撇撇去掉就行。監察官越講越起勁，還用鉛筆在小小的地圖上畫圈，圈圈實際上有黑海那麼大。有的圈則表示谷地，說帝國軍隊在那裡開始無形中向敵軍展開包圍之勢。他又用鉛筆畫出帝國軍隊越過小亞細亞向非洲挺進的箭頭，要包圍英國軍隊，一舉殲滅之，然後越過西班牙插到美國軍隊的後方。監察官說到這裡把話題轉到捷克保護國，這裡開始實行一整套戡亂措施，諸如簡化教育、關閉博物館和展覽會、停開若干列車、體育設施只准星期天開放，等等。

「這是您的臀部嗎？」監察官指著照片問女報務員。

「是，」她笑笑說。

「這些車站戳印是誰蓋的？」監察官問，站長做著記錄。

「調度員胡比奇卡，」她說。

「請您談談具體經過，」監察官說。

「那次我們一塊值夜班，將近午夜時我開始修指甲，由於沒有列車來往，我們感到無聊，」女報務員眼睛望著天花板說。

「說慢一點，」站長說。

「後來胡比奇卡說……咱們來玩開當舖……烏鴉飛、火車飛、光陰飛、手臂飛、大腿飛，我先輸掉鞋子，後來又輸掉褲子……」女報務員一邊解釋，一邊注視著站長筆錄口供的鉛筆。

「褲子是誰脫的？」監察官問。

「調度員胡比奇卡呀，」她說完格格地笑。

調度員坐在椅子上，蹺著二郎腿，膝蓋頂著帽子，禿頭閃著亮光，鐵路局的官員們瞇眼看看調度員的禿頭，又凝眼望望漂亮的女報務員，他們又嘆氣又搖頭，對案情的調查注入更大的熱情，非要把妨害人身自由罪的真相弄個水落石出不可。此時由我值班，把揚旗掛到放行的位置後，我又回到桌旁。我覺得調度員一直留心過站的每趟列車，好像在監督我值班。

胡比奇卡向來都是我的偶像，我在道布洛維采見習時他就很厲害；他能一手和上行車站交待列車進站事宜，一手發報到下行車站交待列車的出站時間。而現在，他卻坐著受審。在我看來，監察官和科長這兩個長官，心裡何嘗不想和女報務員做胡比奇卡所做的事情，只是他們沒膽量，和其他人一樣，膽子太小。只有一個人從來不知害怕二字，那就是調度員胡比奇卡。今天他坐在這裡，仍對自己的一時風流欣賞不已。

「請注意，斯娃塔小姐，」監察官站起來說，「調度員把您抱到發報桌上以前，有沒有對您施加壓力？有沒有進行威脅？是不是用暴力把您壓倒？」

「才沒有呢！是我自己主動躺下……不知怎麼搞的，我當時忽然很想躺下……看看他會對我怎樣……」女報務員說著笑起來。

我跑向月台。又一列特護軍列通過本站，年輕的士兵們在坦克上晒太陽，年紀和我一樣大，有的還比我小，在陽光裡玩著綠色氣球。另一輛坦克上的士兵在唱歌：我的心留在海德堡……，但是當他們從停在第五軌道、車廂彈痕累累的列車旁駛過時，個個驚恐萬分。無論誰見到那些送往修理廠的破車廂，都會兩腿發軟，就是炊事員削著馬鈴薯也會停下來。那些士兵將來回家鄉見到的情景肯定更慘：城鎮變成廢墟，處處屍體成堆。不過當下他們還想不到……

我走進值班室，報告特護軍列已經通過車站。

監察官站在窗口。

「那車上坐著我們的希望——我們的青年。他們為自由的歐洲而戰。您呢？往女報務員屁股上蓋圖章！」他說罷回到桌旁，拿起照片看一眼又扔下。

「當然，」他說，「侵犯個人自由對我們來說不算……但是德語——我們的國語蒙受了恥辱！」他站起來往桌上捶了一拳，「圖章上的一半文字是德文！這是公然的蔑視！」

我走到月台，替一列從前線開來的傷兵列車發信號，一列被改成了醫院的快捷客運列車。我看了幾眼，發現傷兵列車上的人目光最奇怪。那些傷兵的眼睛似乎在說，他們在前線給別人造成痛苦，別人又償還他們同樣的痛苦。這痛苦似乎把他們變成了另一種人。這些德國人比那些坐車朝相反方向去的人更可憐。他們透過車窗眺望單調乏味的大地，看得那麼虔誠、天真，好像正在穿越天堂，我們小小的車站彷彿是珠寶盒。他們凝視著，就像胡比奇卡目不轉睛地望著天空那樣。那些面黃肌瘦的傷病員也在出神地打量我。有的扭過腦袋，有的抬起用繃帶吊在車廂天花板上的下巴，有的得靠護士扶持才能坐起來看一眼。傷兵列車正往老家開，裡面擠滿白色病床，露出了又黃又瘦的手和臉，還有孩子般的眼睛。列車末尾的盒式車廂敞著車門，兩名醫護兵從一具屍體上脫下死傷者的衣服，然後把他扔進僵硬的屍體堆裡——那都是在路上死去的傷兵……列車漸漸離去，車尾亮著紅燈，發出的轟隆轟隆聲由強變弱。

「最尊貴的人們在為你們獻出生命，」監察官在窗口說，「你們看見那傷兵列車了嗎？可是你們卻在這裡幹蠢事！我們宣佈審查結束，站長，您把結果寫下來！調度員胡比奇卡將受到紀律處分。」

他揮了揮手走到月台。然後做個手勢讓巡視車開過來。女報務員上車後坐到科長身旁。巡視車即將離開，我通報相關車站並發出駛離信號。

「捷克人是什麼東西，你們知道嗎？」監察官說，「會笑的畜牲！」

巡視車在五號軌道徐徐開動，監察官看著彈孔累累的破車廂。站長跑到樓上，一面吼叫，一面搬起椅子敲地板，敲得樓下值班室天花板上的石灰往下掉。然後他又對著天窗叫喊：

「缺德鬼！臭婊子養的雜種！妓女還要在警察保護下往咖啡館、餐廳、辦公室裡鑽。丈夫竟然逼妻子賣淫！居然威脅老婆，要是不去幹那勾當，就用斧頭砍她的兒子。愛戴綠帽子的蠢蛋！一點面子都不要！上帝，您最好作出最後審判，將一切結束！」

他又在廚房走來走去，開始使勁跺地板，要樓下的人知道，我們替他帶來了多大痛苦。一小時後，他下樓走進自己的辦公室，穿著筆挺的制服。最後一頭公牛已到車站斜坡平台，牛是用卡車運的，也由一位姑娘把牛趕進屠夫的卡車。車子剛開出，公牛就撒起野來。屠夫對伙計說：「鮑霍什，這畜牲快把車子撞翻啦，給你刀，快去把牠的眼睛戳瞎！」伙計鮑霍什後來在值班室說，他一轉身，手從小窗伸進去，用尖刀直刺公牛的眼睛，「公牛立刻老實了，像綿羊一樣，」伙計說，「嘿嘿，牠不想再活在世上啦。」

當牛販「砰」的一聲關上車門，站長終於醒來。鴿子在窗台蹣跚而行，咕咕叫著向站長點頭哈腰，但是站長沉著臉直搖頭，用指頭摸摸衣領，然後又想起了些事，心情越來越沉重。他打開櫃子，看了看尚未穿過的新制服，肩章已縫上一顆金星，還用金色絲線鑲了邊，就像將軍服上的菩提葉，料子也完全相同。

他再也忍耐不住，連忙穿過值班室奔到樓上，走進廚房衝著天窗，連續吼叫了幾遍：

「視察員的職位吹啦！」

後來，客車一一離站，調度員又重新站在月台上，舉目凝視早春的藍色天空，他一定又見到了在赫拉德茨路局大揚其名的風流事，看到了一一掠過銀幕的鏡頭。女報務員躺臥在藍湛湛的布幕上，他撩開她的裙子，拿出一枚又一枚圖章，圖章有教堂塔鐘那麼大，在她屁股的嫩肉上蓋戳印——他忽然轉過身來，心裡拿定主意，走到安有揚旗和道岔板桿的小屋，悄悄地對我說：

「米洛什，明天我們一塊值夜班……有列軍車要經過我們車站，共有二十八節車廂，裝載的全是彈藥，後半夜兩點鐘經過本站。我們的車站到下一站之間沒有山，也沒有房舍……可以把整列火車送上天……」

「沒問題，調度員，可以把它送上天，但是怎麼個送法？」

「到時候自有辦法……」

「那列軍車現在在哪兒？」

「明天從特歇別切（Třebič）開出。」

「現在該我們特別監視那列軍車了，對吧？」我笑笑說，

小屋裡忽然昏暗了片刻，原來是一群波蘭猞猁鴿從窗前飛過。

從宮堡傳來一條消息，金斯基伯爵下帖請站長赴宴，晚上七點將有馬來接他。我拉下窗簾，扭亮值班室裡的電燈。站長辦公室雖有電燈，但我點燃了煤油燈，燈形是圓的，罩著綠色燈罩。我和胡比奇卡一道出去招呼過站的列車，我晃動綠燈發信號。站長走進辦公室，手裡拿著爵士服、灰褲和繡花襯衣，還有一頂飾有松雞羽毛的爵士帽。他打開通向值班室的門，更衣打扮讓人瞧著心裡高興。

兩匹馬並排走出宮堡，沿著田間大道飛奔。夜空星光燦爛。凍雪在馬蹄下吱吱作響。站長辦公室裡，綠色煤油燈燈芯嘶嘶地燃燒著，站長對著鏡子照來照去。他已穿好禮服，戴上鹿皮手套和爵士帽。那油燈在天花板投射出一道白色光圈，光圈周圍還有幾道更大的光環，看起來像肋骨的骨骼架。

我在外婆家渡假的時候，桌上也點著一盞這樣的燈，晚上我常躺在床上觀察天花板，觀賞油燈投射的白色光圈及周圍的影子，無論我怎麼看，即使拿鴨絨被蒙上眼睛，也能見到天花板上的骨骼架，我總是盯著天花板和天花板上的骨骼。一天我又這麼瞧著天花板，外婆兜著一圍裙木柴進來，喀喳喀喳抖落爐邊。我立刻喊道：「骨骼架倒啦！」

馬夫騎著白馬來到月台，另一匹白馬牽在手裡。它們都是雪白雪白的馬，像仲夏之夜盛開的茉莉。站長走出辦公室，馬夫下馬把站長扶上鞍。站長拉了拉韁繩，白馬朝鴿棚小跑了幾步，站長衝著樓上喊：

「你們自己好好睡吧！我會再回到你們身邊的。站長一定會回來。孩子們，睡吧！」

波蘭猞猁鴿咕咕叫起來，翅膀拍打著柵門，站長在馬夫陪同下策馬而去。一過鐵路，兩匹白馬便沿著堅硬的大道快跑起來，馬蹄聲清晰可辨，然而白馬與茫茫白雪融為一體，只能見到站長和馬夫穿著深色衣服的身影，坐在空中做著滑稽的動作。

胡比奇卡取出一卷列車運行時刻表，乍看像一卷白布，或是絲綢，他攤開後趴下身去，用鉛筆畫出一條路線。

我捲起綠色窗簾，開始出售車票，旅客從昏暗的候車室走過來買好票，又回到昏暗的角落裡，不願走出室外呼吸冷氣。他們根據發車員的行蹤猜測客車何時到站，我有時對旅客並不太客氣。客車半小時後才來，於是我穿上衣服，拉拉衣領走到月台，好像去等候他們要乘的那趟客車。旅客紛紛向我湧來，可是我只在月台轉一轉，把燈放在鐵軌旁邊，重新回到暖和的值班室，旅客們一個個凍得手腳發麻，只好回到候車室的爐子邊，向我投來充滿敵意的眼神。

站長有時也利用夜色作掩護，在夜間穿上橡膠靴到車站上轉一圈，看看發車員們在幹什麼。有回剛過午夜我就睡著了，被他當場抓住。我坐在椅子上，下巴垂到胸膛上睡著了。這時站長站在候車室售票處前的欄杆旁，透過綠色窗簾看見我在睡覺，他就穿著橡膠靴悄悄地走到月台，悄悄地推開門，再悄悄地站到我身旁，端詳了一會，伸手抓住我的肩膀把我搖醒。我睡眼惺忪，以為還待在家裡，天亮了，我說：「爸爸，幾點啦？」站長吼叫道：「我是站長，不是爸爸。我們在值班！」後來他報告了鐵路局，我收到紅牌警告。

客車就要進站，我走向月台，旅客們湧出候車室，列車緩緩進站。第二節車廂的車梯上站著瑪莎，她的白色項鍊在夜色中閃閃發光，胸前舉著乘務燈，腕帶上掛著乘務員的票剪。她衣著一向整潔，就是那回油漆車站柵欄時也是如此，下班跟上班時一樣乾乾淨淨。

她跳下車梯，腳一著地，露出黑鞋白襪，兩頰笑出酒窩，白淨的臉蛋在夜色中大放光彩，似乎剛用毛巾擦過耳根。她遞給我一顆蘋果。我一手提著燈，一手拿著蘋果。她把我拉到懷裡，用雙臂緊緊抱住。她的力氣比我大，臉上有股牛奶味兒，她抱得那麼緊，好像有盞油燈在我胸口燃燒，火焰竄進心房，她悄悄地說：

「米洛什，米洛什，我愛你，非常愛你。」

她後退半步，從口袋裡掏出列車時刻表，打開後遞給我一張照片，那照片我從未見過，從指頭間覺察到照片已被摸過無數遍……那是我的照片，是我和她一塊兒刷漆時送給她的，照片上的我穿著白色水手服。我把照片翻過來，背面貼著另一張照片，我一看就認出是誰，是童年時期的瑪莎，也穿著水手服，兩張照片貼在一起，剪成橢圓形。

「米洛什，你什麼時候來找我？什麼時候？」她問。

「要是你願意，我後天來。」我結結巴巴地說。

九點了，我得吹哨發出信號，示意乘務員快回到自己崗位，女乘務員舉燈表示一切就緒，我晃動綠燈，列車緩緩開動，瑪莎再次擁抱我，抱得很緊很緊，像兩張相片貼在一起那樣無法分離。瑪莎又親我一下，才抓住車門梯柄，身子一躍上了車廂。乘務燈在她胸前閃著藍光，而我站著沒吭一聲，因為我覺得自己是真正的男子漢，對自己充滿信心。

那回她到醫院看我，朝我床頭俯下身來，穿著藍色外衣，鈕扣都是銀色的，向我俯過來時，外衣鈕扣像橋上的燈火閃閃發光。她吻我時，乘務員專用的黑色哨子從胸前口袋裡掉出來，恰巧打中我的門牙。後來她坐在床上，屁股移到我綁著繃帶的手上，但是她待一會兒就得離開。一位病人從麻醉中醒來，想起床，但是他迷迷糊糊地叫喊：「馬克薩，鬆開車把，鬆……鬆……鬆開，馬克薩！」他把手伸到床底下摸來摸去，終於抓住一隻野雞，使勁一扔，那野雞飛過房間撞在牆上，我恰好躺在那裡，誰知野雞的尿泡破裂，尿滋到瑪莎的頭上。她臨走時，頭髮上還綴著晶瑩的水珠，從門邊送我一個飛吻，我這才好好瞧了她一眼。後來，我出院時，看了看四周，沒有一個人來接我。

那天我心裡難過極了。因為躺在我旁邊的是個十五歲的女孩，她從床頭櫃裡找出父母送給她的禮物，一雙新氈靴，她忍不住立刻穿上，乘車去布拉格。但是在薩塔利采山區，她搭乘的列車和另一列客車相撞，車廂裡的椅子全都撞在一起，那女孩的腿夾傷了。她從麻醉中醒過來就喊：「把氈靴放進櫃裡去，把氈靴……」

我獨自走出醫院，朝櫥窗一看，幾乎認不出自己了。我尋找自己的面孔，一點也沒用，好像我已經變成另一個人了……我看著櫥窗裡的人，幾乎鼻子貼著鼻子，心裡還是覺得那不是我。可是我抬起一隻手，櫥窗裡也同樣抬起一隻手，我舉起另一隻胳臂，櫥窗裡又出現同樣的動作。我這麼看了好半天。瓦匠站在欄杆旁，大漢虎背熊腰，穿著白色工作服，身上濺滿了石灰。貼著米尼馬克斯商標的消防器已安到牆上。瓦匠看看我，他指頭間夾著一支煙，送到嘴唇上才劃火柴，還用手掌捂著火，垂下腦袋將煙點燃。但是他眼睛老盯著我，就像那回我們在旅館彼此隔著一扇門，那門半掩著，我在門內透過門縫看他，他在門外從門縫瞧我……那回門外有個人也像我一樣抓住門把。現在我知道了，那個高大的、白色工作服上沾滿石灰的老瓦匠不是別人，是微服下凡的神……

幾列貨車剛離站，又過來一列普客，乘務間的縫隙透出的一絲絲光線，彷彿游泳池中從女孩們的泳裝裡竄出的細毛。司爐往爐裡加煤，火苗衝破黑夜，司爐鏟煤不停晃動的身影在煤水車壁上來回擺盪。進站和出站的紅綠信號燈不斷地交替，明亮的變光信號照著白色指示牌，橫式的長方形——直線軌道標誌，臥式的長方形——表示軌道拐彎。在利物浦糧倉附近的鐵軌盡頭，還有徹夜通明的藍燈，指著遠方的揚旗隨著燈色的變化或升或落。值班室裡發報機滴滴答答，偶爾有電話鈴聲。如果聯絡出了差錯，連鎖箱打開路軌通行裝置時小輪會自動脫落。在這雜七雜八的響聲中，胡比奇卡在室內走來走去，心裡放不下那列特護軍列。過了午夜，拖著二十八節車廂彈藥的軍列就要開來。

他按照行車時刻表一路跟蹤，不時地側耳聽聽，舉目看看夜色矇朧的月台，或探頭瞧瞧候車室。而我一直想著瑪莎。我跑到月台站了一會兒，抬頭仰視夜空，我見到那兒在放映有關我自己的電影，我把瑪莎橫放在天際，就像調度員胡比奇卡把女電報務員放倒在電報桌上那樣，我有步驟地脫下她的內衣，但是當她完全赤身裸體躺在天際的時候，我卻不知道下一步該做什麼。就是知道，我也沒有任何經驗，因為我從沒和女人睡過覺。不過得把我在媽媽肚子裡待的時間除外，待了多久已經記不清了……

後來我聽到站長夫人下樓，一手舉著蠟燭，一手拿著一罐松果，她走進地窖，公鵝發出一陣驚叫。我站在月台上，透過方形玻璃窗往地窖裡探，只見站長夫人和她的身影同時蹲下去，從罐子裡抓了一把松果，然後掰開公鵝的嘴巴，把松果塞進去。捏住嘴巴再用指頭把松果勒入喉管，然後再拿松果放在水裡浸一下往公鵝嘴裡塞，直到公鵝反抗為止。

「我很快就回來，您再應付一會兒，」我對胡比奇卡說，「我要去方便一下。」

我小心翼翼地摸著旋轉扶梯下到地窖，悄悄地推開木門。

「站長夫人，別害怕，是我，米洛什，」我說。

「什麼？」她吃了一驚，手指間夾著松果站住不動，她身後的燭光照著銀灰色的頭髮。我發現她臉上露出哀傷。她很像灰姑娘，站長扮演著魯熱朗斯基男爵的角色。

「是我，米洛什，」我說，「站長夫人，我有件事想請教您，就是……後天我要去找瑪莎小姐，她是乘務員，您認識嗎？她肯定想和我……明白嗎？」

「不明白，」站長夫人喃喃地說，她蹲下把松果在水裡浸一下，又掰開公鵝的嘴巴。

「您明白，」我說，「請別裝作不知道。我是特地來向您請教……事情是，我本來一直是個男子漢，可是當我想表現一下男子氣概的時候，我又不是男子漢了。照書上說的，我那是早洩，您懂嗎？」

「我不懂，」站長夫人說，繼續在水裡涮松果。

「您懂，」我說，「比方說現在我考慮著……喏，我現在是男子漢……」

「老天爺，」站長夫人低聲說，「米洛什，我已是更年期的女人了……」

「什麼？」

「更年期，真可怕，」站長夫人顫抖起來，罐子裡的松果撒到地上。「我的上帝，車站怎麼盡出你們這號人？調度員胡比奇卡在女人身上打戳印，您呢，要跟老女人……反正呀，以後一切會如你所願，您是一個男子漢，男子漢就要……」

我透過地窖窗子看見胡比奇卡走到月台上，雙腿叉開，站著仰望然天空。我知道，悄悄地駛入天際的是一列軍用列車，二十八節車廂忽然被炸毀，一團團煙霧衝向天空，煙霧逐漸擴大，彷彿夏日暴雨來臨之前天空凝聚的烏雲，而且越升越高……

「站長夫人，您生我的氣嗎？」我說。

「不，米洛什，人都有七情六慾……」她說。

她摸著牆悄悄地走出地窖，回到樓上後，在廚房和房間裡走來走去。站長就是這樣，心裡對我們有意見卻不敢和我們當面說時，就是在廚房踱步，對著天窗把心裡的一切喊出來，然後才安心下樓。要是不對著天窗大喊一陣，他就衝著老婆吼叫，話說得特難聽，把內心的一切骯髒東西，都向她傾倒出來，過一會兒他又什麼都忘得乾乾淨淨。他不必像我那樣用刀劃破自己的手腕，也不需要在女報務員的屁股蓋戳印。我早就知道站長不會發瘋。他之所以能夠保持內心的平衡，是因為他把心裡的一切不滿從天窗倒出去，或者留一部分傾洩在老婆身上。他妻子知道什麼時候該拿濕抹布抽他的嘴，或者臭罵他兩句，一罵他就不打而倒。那效果就跟他挨了四重抹布的嘴巴之後，清醒過來一樣。

再說調度員胡比奇卡。時間越臨近午夜，他心裡越是七上八下，嘴裡不時地吐著口水，走兩步就停下來，豎起耳朵聽一會兒。我發現，他一直在等著人來推開值班室的門，伸進一隻手來，交給他一封密信或者一包東西。

站長辦公室的時鐘敲了十二下，我說：

「這鐘敲起來真好聽！」

門開了，像穿堂風似的，進來一個年輕女人，敞著風衣，狄洛爾短衫上繡有綠色橡樹枝葉和果實，灰裙白襪，淺口皮鞋，穿戴和站長一樣講究，不同的是女性打扮。

她送來一個經過精心綑紮的小包。

「請收下，」她說著德語，「我還要去克爾斯。」

「去克爾斯？」我說，「那得等到天亮走，要過一條河。」

「但是我必須到克爾斯去，」她堅持說。

「離這兒很遠。您去找誰？」我說。

「找一個朋友，」她笑了笑，用指頭指著我，「您是調度員？」

「不，不是，那才是調度員……」我說。

「您是調度員胡比奇卡？」她問他。

「是的。」胡比奇卡說。

「這位是……？」她指著我。

「我的朋友。」胡比奇卡說。

「我叫米洛什・赫爾馬。」我自我介紹。

「維克多麗業・弗萊埃。」她伸出纖手，又鞠了一躬。

「維克多麗業・弗萊埃。」胡比奇卡不勝驚奇。

我知道，她是送消息來的，我看得出來。維克多麗業・弗萊埃就是那隻傳遞信件和消息的手。但她送來的消息沒有給胡比奇卡帶來安慰，他的臉色更憂鬱了。意外的信息使他大失所望；看得出來，他幾乎萬念俱灰，甚至來了漂亮的女人，也沒朝她動人的屁股和乳房瞥一眼，而他慣於用目光挑逗女人。這個奧地利女人，在我看來非常性感，全身上下都有魅力。我去月台，替一列貨車開了綠燈，發出過站信號。後來我回到值班室，將那列貨車過站的時間通知下一站，發現那包東西已經不見了。維克多麗業打著哈欠，伸伸懶腰，朝我擠擠眼睛，我突然覺得她挺親切。她走向月台，胡比奇卡還叉著雙腿站在那裡凝望天空。他們交談了幾句，後來她說：

「我真的得去克爾斯了。」她微微一笑，沿著站長家的花園走去，漸漸消失在別墅小樓之間的菩提林蔭大道上。

站長騎著白馬回到車站，輕盈地從馬背上跳下後，把韁繩扔給馬夫，馬夫隨即策馬返回宮堡。

站長走到鴿棚下大聲說：「我的乖乖，你們幹嘛這麼擔驚受怕？誰惹你們啦？我的小天使！站長回到你們身邊啦！放心吧！放心吧！」

後來他興緻勃勃地走進值班室，搭著椅背坐下說：

「胡比奇卡，公爵要我代他向您問好。貝特曼・霍爾維格男爵帶去了女報務員的照片。所有貴族看了都很激動，都想見見您。伯爵本人還要我轉告您，他對您非常羨慕，因為這招他絕對想不出來。胡比奇卡，下星期他將請您去宮堡做客。我不得不在黑板前向在座的人做報告，把一切經過原原本本地……」

站長站起來，電報機發出呼叫。

「德勒斯登車站遭到空襲，站長，皮爾納、鮑澤恩……」

站長走到月台，面朝爆炸聲不斷和火光衝天的方向大聲吼叫：

「你們不該向全世界開戰！」

胡比奇卡扭亮電報桌上的檯燈，打開放在桌頭的電報記錄簿，然後向我示意，他要讓我看條重要的電訊。我心裡早已有數，那條電訊非比尋常。胡比奇卡疲憊不堪，當他用鉛筆指著那條電訊時，筆尖顫動不止，像心電圖儀在紙上畫出一條線。他小心地拉開抽屜，只讓我看電訊的最後一則。可是我的目光飄進了抽屜。值班室內只亮著一盞檯燈，抽屜裡露出一支閃閃發光的手槍，還有一個外形像手電筒的東西，上面好像接了一個滴答滴答走動的時鐘。

「米洛什，」胡比奇卡悄悄說，又把記錄簿中那則電訊畫了一條線給我看，「米洛什，最好站在月台上，把這玩意扔進列車中央的車廂內，無論如何要扔進那列軍車。到時候我們開綠燈……讓列車緩緩地過站。」

「說得是。」我說。我覺得候車室所有窗口和縫隙裡都可能有雙在悄悄窺視的眼睛。後來我拿起鉛筆，也在電報記錄簿中的那條電訊下面畫了一道線，同時悄悄對他說：

「您記得揚旗是怎麼落下的嗎？記不記得那列火箭特快是怎麼通過車站的？這回我也如法炮製，您覺得怎樣？我爬到揚旗桿上，身體趴下來，把炸藥包從上面扔到列車中間的車廂裡，然後就爬下來，看看效果怎樣……那輛特護軍列現在開到哪裡了？」

「已過了鮑傑布拉迪，再過半小時就到本站。」胡比奇卡說著吐了口唾沫，肚子一頂把抽屜關上，在電報記錄簿上莫名其妙地簽了自己的名字。

「你害怕嗎？」

「不怕，我從來沒有像現在這麼鎮靜……，」我說，「我是男子漢，像您一樣的男子漢。」我說著拿起電話筒。

「是火箭特快，」我說著拉了下閉塞信號裝置，「準備好特快的進站道岔，號碼為5361。」我轉動連鎖箱裡的開關，然後走到夜色籠罩的月台。地平線上依然見到大片大片的紅斑，彷彿那裡的太陽剛剛落下。我輕輕地將揚旗拉桿推開，頭腦從來沒有這麼清醒過，好像小時候一做惡夢，媽媽一直摸我的頭，直到把惡夢趕跑。胡比奇卡在值班室裡來回走動，眼睛盯著地板，不再去月台仰望天空。這點我早已有數，他重任在身，結果會怎樣？一旦成功，下一步該怎辦？我可沒想這麼多，並非我沒主意，我已把一切都想透，再想就沒意思了。我所有心思只考慮著從揚旗桿上把炸藥包準確地扔進車廂裡，讓整列軍車炸到空中。我別無它求，只希望天空除了看到煙霧吞沒的車廂、鐵軌和枕木的殘片之外，其他任何東西都看不見。

我覺得自己早該想到這麼做，因為德國坦克輾死了我的爺爺，他曾單槍匹馬向德軍走去，帶著一顆幻術演員的腦袋，向一個軍團伸出雙手，勸說德國佬掉頭回老家。雖然爺爺的腦袋被捲進坦克履帶，但是爺爺的亡魂現正在把德國的軍團和坦克往回趕，趕回德國心臟，趕回到他們出兵前的老巢。俄國軍隊正朝那兒挺進……可是我忘了爺爺，如果我心裡早就想到他，我會設法幹出另一番事業。二十分鐘後那列裝滿彈藥的列車就要到站，我做一番大事業的機會終於來臨。我敢說，我從來沒有像現在這樣感到有力量，同樣我也敢說，調度員胡比奇卡從來沒有像現在這樣焦慮、緊張，他緊張得甚至挪不開腳步，一直叉著雙腿站在連鎖箱前，仔細聽著有關那列特護軍車的電話通報。

我走進值班室，立即打開抽屜，取出炸藥包塞進大衣口袋裡，胡比奇卡用身體擋住我。他拿支手槍放入我大衣的另一個口袋，然後我用指頭摸了摸電報記錄簿中的那條電訊，也在上面簽上我的名字，將鉛筆放進抽屜。

胡比奇卡走近黑板，黑板上昨天起用粉筆記下了所有開往即將潰散的前線的二十列特護軍車，他指著黑板悄聲說：

「米洛什，這玩意到了最後一刻我再替你定時……」

「好……可是火箭特快要進站了。」我說。

我走向月台，火箭特快開進車站停下，車長跳下說：

「真可怕，德勒斯登全完啦！」

在他之後從行李車廂又下來幾個人，模樣像集中營的逃犯，都穿著條子褲，走進值班室時，我們看見這些穿條子褲的人上身只穿著一件外套，僥倖撿了一條命，他們個個眼睛發直，一眨都不眨。車長一坐下就癱在椅子上，拿手摸摸自己的額頭。

「整個德勒斯登都變成了火海。他們偷偷爬進了我的行李車。」車長說，然後吃力地站起來，樣子像一匹疲憊不堪的馬。他用拳頭頂著電報桌面，然後雙手一撐慢慢站住，腦袋垂在胸前，他似乎睡著了。那些德國人也都一動不動地站著，眼睛看著地面。也許他們又見到了末日來臨的情景，他們從窗口跳到花園或大街上，倒下的樹木、房牆和大樑把他們和那個世界截然隔開。我一點也沒有對這些德國人產生憐憫。

那回我劃開手腕動脈住在醫院的時候，我曾常去找遠親姨媽，她在醫院當了五十年護士。她管的病區都是嚴重燒傷的病人，而且危在旦夕。如今大多是由前線送來的傷兵，這些人幾乎都會兩面討好，所以我的姨媽煮菜湯給他們吃，如果有人傷口痛得受不了，她就給他們打嗎啡。我常去找姨媽，是因為姨媽能給所有的人帶來安寧。她做人那麼好，那麼有影響力，只要她看某人一眼，那人就像打了一針鎮靜劑，大概是她在該病區待的年數多了……那時，我為德國傷兵掉過眼淚，看見他們的親人和妻子前來探望，那些病危的士兵開始交待後事，告訴妻子今後應當嫁給誰，孩子和家產該如何處理。我聽了站起來，但是姨媽又把我按在椅子上。她拿出胡蘿蔔、洋蔥和香芹切起來，一邊切，一邊哼著歌兒，每切完一樣就換一個曲子……明天格夫雷特．舒爾德就要與世長辭……布拉格橋上長出鈴蘭……她切好胡蘿蔔、洋蔥和香芹……她知道，趕明兒要給上等兵舒爾德加一點嗎啡，因為他已與家人告別，要減少他幾天痛苦……第二天，她又為傷兵奧布洛依特納．狄特悄聲哼起〈我送給姑娘一枚金戒指〉的曲子，他明天將與世長辭……

她切著蔬菜，我看著浴缸裡的年輕人，他們的樣子都像在洗澡，我不希望他們明天就死去，希望他們能回到已經話別的妻子和情人身邊。因為誰被送到樓下，送到姨媽的病區，那他就必死無疑。而現在，對這些來自德勒斯登的德國人，我已無憐憫之心，只能讓他們自己可憐自己。這些德國人看來都已經意識到這一點。車長站起來對德國人說：

「你們他媽的都該待在家裡。」

然後他走向月台，手一舉起，列車就緩緩開動，車長跳上了乘務車廂。

「上帝把這些德國人打發到我們這來啦，」胡比奇卡悄聲說，「這說明，一旦有事……」他吐了口唾沫。我聽見鐵軌從街區的方向傳來信號，那聲音像鎚子敲打破鐘，我一聽就知道那是我所等待的軍列。我走進值班室，胡比奇卡拿著電話筒，他神情緊張，我由此更可斷定那是我們監視的特護列車。

我轉動開關。德國人仍在爐邊站著，一個個就像廣場石柱上的塑像。其中一人突然哭起來，哭得那麼奇怪，差不多像站長的鴿子咕咕地叫，空襲將他們驚醒之後，這個德國人哭出了一點人性來，身體現在才開始放鬆。其他德國人擤著鼻涕，稍後也都嚎啕大哭起來。各人哭腔不一，不過基本上都帶點人的感覺，淚水來自剛剛發生的災難。一個腦袋在牆上蹭來蹭去的德國人，鼻子開始流血，而後突然癱倒在地，牆上留下一條紅線。

胡比奇卡瞧了我一眼，鴨舌帽戴得極低，看我時得仰起下巴。

我跑到月台的小木屋，拉下揚旗和進站的信號拉桿，出站的信號依然不變。胡比奇卡走來，我從大衣口袋裡掏出炸藥包，拿手電筒照著，他撥動指針定時，動作像比對照相機上的光圈。

鴿子一直睡不著，老是咕咕地叫個不停，有的在睡夢中跌下，可以聽見它們的羽毛在牆壁上東碰西撞。

然後胡比奇卡向我伸出手來，冰涼的、濕漉漉的，我像握住一條魚。我沿著鐵軌朝前走。

一整片綿延的雲朵飛過月亮，空中飄下冰冷的雪花，我轉過身，看到了遠處火車上的探照燈。月亮從一堆白雲中游出來，寒夜中的山坡上閃爍有光，我又聽到晶瑩的雪珠發出滴答滴答的聲音，彷彿每個晶珠上都有走動的彩色秒針。後來我像登上梯子一樣爬上揚旗桿。天空又飛過一簇白雲，飄下一些雪花，猶如細柔的蜉蝣。我打開雙腿騎在燈架上。火車緩緩進站，發出一聲哀鳴，因為沒有出站信號。我覺察到揚旗的橫桿往上抬起，抬起我的手臂，紅燈變成綠燈。揚旗正好遮住我的身體，因為它比我大。

火車鳴叫一聲，我看見調度員胡比奇卡向車長晃動綠燈，讓列車通過車站。我坐在揚旗桿上，空中飄著雪花，我感覺到片片雪花啄著我的臉，雪下得很大。我坐著一動也不動，手裡已經握著那玩意，聽見定時炸彈的滴答聲。後來火車開了過來，從上到下蓋著帆布，遮住司爐加煤，以防止低飛的飛機從遠處發現目標。接著是一節又一節的車廂，有的車廂很矮，而且敞開著，裡面裝滿了彈藥箱，箱子下面墊著幾層麥草，三、四、五，我數著車廂。月亮藏進了雲層，雲層撒下密密麻麻的雪花，然而月亮始終隱約可見，彷彿沉入水底的鐵環。七、八、九，由於飄著雪花，我一時看不清列車的頭尾，十一、十二、十三，我輕輕地扔下炸藥包，彷彿把一朵鮮花扔進了溪流。車廂我數得準確無誤，當那節車廂的頭部在我身下一出現，我就將炸藥包扔下，炸藥包恰好落在車廂中央，那玩意現在靜靜地躺在車廂內，帶著這列特護軍車走向死亡。

我始終盯著那節車廂，直到飛雪完全遮住了我的視線。我下定決心，還要在上面觀察四分鐘，像守林員那樣等候毀滅的瞬間。

後來我看見最後一節車廂已經駛近，尾部拖著方形的小營帳。不料營帳裡面忽然伸出長長的光柱，向我搜索，聚集在我身上。我拔出手槍，同時看見下面有支步槍槍口對著我，我立即開槍，同時有人從營帳朝我射了一槍，我的手電筒掉到地面，躺在路基的石子上繼續照著亮。有人從營帳中掉下來，滾到路溝裡。我感到肩膀疼痛，手槍從手中落下。我一頭栽了下來，但是我的大衣被木樁勾住，信號裝置喀嚓一響，綠燈變成了紅燈，揚旗落到平臥位置。我的腦袋往下垂，聽見大衣撕破的聲音，口袋裡的鑰匙和錢幣掉出來，落到我嗡嗡響的耳朵旁邊。我看見列車已經駛遠，整列車子都在拐彎，從下往上看它的輪子，列車彷彿在夜空的天花板上行駛，車尾的紅燈越離越遠。我看見那士兵在揚旗桿旁邊的路溝裡縮成一團，雪花飄落在他身上。他丟了帽子，露著光頭。我的大衣裂開了，我覺得襯衫裡面鮮血順著脖子往頭部流淌，掛在樁上的大衣徹底裂開了，我倒栽蔥摔倒在被油煙燻得黑乎乎的路基石子上。

我用手掌撐著地面，被石子尖角戳破了皮。後來我滾到溝裡，旁邊側身躺著一名德國士兵，他在原地蹬腿，像要朝前爬行，沈重的皮靴踹開積雪，扒拉著凍土和草皮，他捧著肚子哀叫不止。

我用手掌捂住嘴咳嗽時，嘴裡流出鮮血。那名德國士兵開槍擊穿了我的肺，而我打穿了他的肚子。我現在終於明白，胡比奇卡為何整個晚上都鼻子發酸，老是吐著口水，好像他事先就猜到了這樣的結局。雖說他從未害怕過什麼，但這種結局卻遠遠超過他的承受能力。對他來說，好像後來發生的一切在這以前已經發生……我看看飄著雪花的天空，然後翻過身來，朝那名士兵爬去，他又哀叫起來，老是重覆著一個詞：「媽媽，媽媽，媽媽！」

我看著他，嘴裡吐出一口血。我知道那士兵喊的不是自己的媽媽，而是他孩子的母親，因為他頭髮已經掉光。當我向他俯過身去時，發現他的模樣很像胡比奇卡，不禁大吃一驚。他雙手始終抱著肚子，似乎想從被打穿的肚子中盡快解脫出來，老在原地蹬著雙腿，皮靴底踹著積雪和凍土。

我伸開雙臂仰躺著，鮮血沿著嘴角往外流，胸口像有火把在燃燒。我忽然看見了什麼，其實從胡比奇卡的目光中我已早有覺察，我這一次是報銷了。唯一可以期待的，是那列軍車被炸毀飛向空中，我別無他望。就我目前的處境而言，這就足夠了。因為等待我的沒有別的，只有死亡，不是死於打穿我胸膛的槍彈，就是被德國人發現，抓去絞死或者槍斃，這是他們的一貫做法。我要走並且已經走完了自己的路，我適合這種死法，而不是當初在貝奈肖夫溪鎮的自尋短見。使我苦惱的是，我開槍打穿了那名德國士兵的肚子，他一直捧著腸子苟延殘喘，皮靴蹬個不停。我知道他已經沒救，因為子彈打穿肚子是致命的，只不過他走向死神的速度緩慢，似乎最後一段路怎麼也走不到頭。因為他老在原地踏步，有節拍地反覆喊著：

「媽媽，媽媽，媽媽……」

他那雙軍靴我看著挺難受。我身子一滾，靠胳膊肘爬到他的腳邊，我想用雙手按住亂踹的軍靴，但是他雙腿使勁一蹬就掙脫了我的雙手，力氣大得像部機器。我從大衣口袋裡掏出繩子，旅客們上車攜帶自行車和童車，我平時就用它綑綑紮紮。我擦了擦自己身上的血，用繩索的一頭先綑住一隻皮靴，他雙腳亂踹，我就將另一隻皮靴一塊綑起來。他身子一抽搐，雙腿老實了一會兒，但是他突然一使蠻力，繩子斷了，雙腳又在地上亂踹起來，有時還步法有章，而且扯著更大的嗓門喊叫：

「媽媽！媽媽！媽媽！」

這越發使我想起我所不願再想的情景：媽媽早晨站在窗簾後面，望眼欲穿地等著我，可我再也回不了家，再也不會走進廣場小街。她總是掀開窗簾向我示意她在等我，她見到我總是特別高興，因為我上夜班，媽媽從來睡不安穩。就像這名德國士兵的妻子，自從他去了前線，也睡不安穩一樣。她也在窗簾後等著他走進巷子，或者走進家門，而他卻在原地蹬著雙腿，衝著她呼喊。他跑啊，跑啊，但是終點卻是死亡。我爬到他身旁，對著他的耳朵：「安靜！安靜！」

那士兵也已知道我是什麼人。我的胳臂剛放在雪地上，就碰到冰涼的步槍槍口，我拿起槍側身滾開。那士兵躺在我對面，我把槍口對著他的心窩，但是弄不清心臟在左側還是右側。為了弄清位置，我不得不先後伸出兩隻手試試，看看心臟在哪邊跳動。沒錯，我立即把槍瞄準他的心窩，為了讓他不再哀叫，為了我的腦子不受刺激，我扣下扳機。槍聲一響，子彈的悶火燒焦了士兵的制服，我聞到了一股棉絮焦味。誰知那士兵叫喊得更加厲害，喊孩子媽，喊妻子，雙腳在原地踹得更快，好像只剩最後幾步路就到花園，過了花園就是他的家，屋裡住著他最親愛的……雪停了，月亮重新爬出來，大地上的白雪發出秒針走動的滴答聲。銀項鍊在士兵的脖子上閃閃發光，後來那士兵雙手抓住項鍊上的一樣東西，扯起嗓子大喊：

「媽媽！媽媽！」

我拿槍對準他的眼睛，扣動扳機時，我身體躺著的姿勢有點怪異。後來他不吭聲了，我看見他雙腳一蹬，走到了目的地，不再動彈。我爬到他身上聽聽，他體內一片寂靜，像摔壞的機器，一切零件都停止了轉動。

我流著血，弄髒了他的衣服。我掏出手帕，試圖擦去他制服上的血斑。我喘著氣，心裡悶得很，但是我使盡渾身力氣翻過身來，伸手去抓那士兵脖子上的項鍊。他的臉安安靜靜，只是右眼變成燒焦的窟窿，像藍色的單眼顯微鏡……我摘下死者的項鍊，在月光下仔細一瞧，那是一枚徽章，正面有綠色的四葉草，反面刻著一句話——「給你帶來幸福」。但是四葉草沒有給他帶來幸福，也不會使我幸運。這個人和我或胡比奇卡一樣，沒有受過任何褒獎，沒有任何頭銜，可是我們互相殘殺，彼此把對方送給死神。如果我們是平民百姓，在某個地方相遇，很可能會談得很投機，成為彼此的朋友。

後來響起了爆炸聲。而我，剛才還盼著目睹那爆炸的場面，現在徹底躺下了，就在德國兵的身旁。我伸手掰開他那僵硬的手指，把給人帶來幸福的綠色四葉草塞到他手中。此時大地向天空升起蕈狀烏雲，一層又一層地往上長，煙霧疊著煙霧。我聽見氣壓流過大地，擦過光禿禿的樹枝和灌木，發出嘶嘶的呼嘯，揚旗瑟瑟地顫動。我咳起來，體內冒出鮮血。直到一切在我眼前消失的最後時刻，我還抓著死者的手，衝著他失去聽覺的耳朵，重覆著把德勒斯登倒楣的德國人送到此地的火箭特快車長說的話：

「他媽的，你們該待在老家……」

國家圖書館出版品預行編目資料

沒能準時離站的列車 / 赫拉巴爾(Bohumil Hrabal)著 ;
徐哲譯. -- 初版. -- 臺北市 :大塊文化, 2007[民96]
面； 公分. -- (to ; 46)
譯自 : Ostře sledované vlaky
ISBN 978-986-7059-88-8(平裝)

882.457　　　　96008709

LOCUS

LOCUS

LOCUS

LOCUS